JN130227

不忍池ものがたり

不忍池ものがたり

江戸から東京へ

鈴木健一
Kenichi Suzuki

岩波書店

目次

はじめに――池が生み出すものがたり

個人的な池の体験から

現在、東京都台東区上野公園にある不忍池（しのばずのいけ）には、付近に博物館・美術館や動物園があることもあってか、老若男女さまざまな人々が訪れる。本書では、そのような不忍池の特質を、文学作品の分析を中心に、歴史や風俗、宗教への考察も踏まえて、探究していこうと思う。

「はじめに」においては、池とはどのようなものなのかということについて考えてみたい。

私の身近な体験をいくつか書き出してみる。

子どもの頃、祖父母の家の庭には小さな池があり、鯉が何匹か泳いでいた。今でも記憶の奥底をたどると、池に水を流し込む音が聞こえてくるような気がする。

通学していた文京区立昭和小学校は、隣に東洋文庫という由緒ある古典籍の図書館があり、さらに不忍通りを隔てて六義園（りくぎえん）があった。五代将軍綱吉（つなよし）に重用された柳沢吉保（やなぎさわよしやす）が造った庭園で、各所が和歌にちなんで命名され、中央に池があった。大きくて立派な池の周りをぐるりと歩いて、小高い丘の上からあたりを見回すと、小学生の自分もなにか偉くなったような気がしたものだ。

現在、春と夏に二度箱根へ観光に行くのだが、必ず箱根ガラスの森に立ち寄ることにしている。

ヴェネチアングラスを展示する美術館が主体だが、そこにも美しい庭園と池がある。大きさは六義園よりは小さい。カンツォーネを聴きながら、ガラス細工が反射してきらきら光る池の水面を眺めていると、日ごろの憂さもどこかへ吹き飛んでしまう。

この三つの例だけから判断するのは拙速すぎるかもしれないが、池というものは庭の一部であり、さほど大きくなく、人工的に造られ、そして文化的な香りがする、そんなふうに感じられるのではないか。

池の定義

今度は、『世界大百科事典』第十巻(平凡社、一九八八年)を手がかりとして、池の定義を探ってみたい。同書の「湖沼」の項目において整理される、湖・沼・沼沢(しょうたく)・池の違いを以下に引こう。

湖……湖底までの水深が五メートル以上あり、湖岸寄りの浅いところに、植物の全体が水中にあるクロモ、フサモなどの沈水植物が生育している。

沼……湖よりも浅く水深二メートル以下で、中央部まで沈水植物が生育している。

沼沢……沼よりもさらに浅いもので、中心までヨシ、ガマなど葉と茎とが水の上に突出している抽水植物が生えている。

池……一般に水深にはかかわらず、面積の小さい水塊を指すが、とくに人工的に作られたものをいうことが多い。

これらからは、池が、湖や沼に比べれば大きくなく、そして人工的に造られた場合も多いことがわかる。私の体験もそれほど的外れではないわけだ。

ちなみに、日本で最も大きい湖沼は滋賀県の琵琶湖で、面積六七〇・三平方キロメートル、最大水深一〇三・八メートルである。次いで、茨城県の霞ケ浦、こちらは面積一六七・六平方キロメートル、水深七・一メートルとなっている。沼と名の付くもので最も大きいのは、茨城県の涸沼(面積九・四平方キロメートル、水深三・〇メートル)で、千葉県の印旛沼(面積八・九平方キロメートル、水深一・八メートル)がそれに続く。現在の不忍池の面積は〇・一平方キロメートルだから、比較にならないほど小さい。

なお、これは第五章1で再度述べることだが、池の定義としては、〈海ほど深く恐ろしいものではなく、川のように無常に流れもせず、沼のように妖しくもない〉とも考えられる。本書の中で徐々に述べたいが、そういった池の特質が人々に身近なものとして捉えられ、心を慰めてくれもするのだと思う。そのことを予告しておく。

池は特権階級の所有物だった

ここからは、歴史的に池のありかたをたどってみよう。大雑把にまとめてみると、古代において、池とは庭園の一部であり、その庭園は特権階級が所有するものだった。だからこそ文化的な装いもまとっているのである。

その淵源は東アジアに求められる。

中国でも庭園の歴史は古く、前漢武帝(前一五六—前八七)の時代、長安に造られた上林苑の太液池はよく知られている。神仙思想に基づき、池には不老不死の仙人が住むとされる蓬萊・方丈・瀛洲の三つの島が設けられていた。

上元二年(六七五)、唐の高宗が洛陽に造らせた上陽宮にも園池があり、唐の詩人王建は「上陽宮」(『全唐詩』)という詩の中で人の世の仙境であると称えている。

古代中国における庭園文化の隆盛は日本にも大きな影響を与えた。遣唐使の粟田真人は大宝二年(七〇二)に入唐し、則天武后に謁見、慶雲元年(七〇四)に帰朝しているが、彼は太液池を実際に見たようだし、また上陽宮も見た可能性があるらしい(小野健吉『日本庭園の歴史と文化』一五頁)。大陸からもたらされた最先端の文化が当時の日本人に及ぼした衝撃の大きさは想像に難くない。

また朝鮮においても、統一新羅の時代に雁鴨池という広大な池が造られるなど、庭園と池の関わりは見逃せない。雁鴨池は、文武王が造営した人工池で、現在も世界遺産に指定される慶州の歴史地区に残されている(私も訪れたことがあるが、静かな趣をたたえ、気品を感じさせる池だった)。

日本ではどうだろうか。

『万葉集』では、皇太子草壁皇子(六六二—八九)の住まいとなった「島の宮」と呼ばれる庭園があったことが知られるが、そこでも池は中心になっていた。草壁皇子が二十八歳の若さで薨去した際に詠まれた挽歌に、

図1　「神泉苑」（『都林泉名勝図会』）

島の宮勾の池の放ち鳥人目に恋ひて池に潜かず

（万葉集・巻二・一七〇番・柿本人麻呂）

がある。歌意は、島の宮の勾の池の、放し飼いの鳥は、亡き皇子を恋しがって、池に潜ろうとしない、ということなのだが、ここからも皇子が庭園の池を観賞したことがうかがえる。

平安京において天皇が遊覧する神泉苑には大きな池があり、池に臨んで乾臨閣などの中国風の建造物が並び、遊宴が催された。図1は、江戸時代に多くの名所図会を刊行した秋里籬島が著した地誌『都林泉名勝図会』（寛政十一年〈一七九九〉刊）における神泉苑の挿絵なのだが、池に船を浮かべ多くの貴族たちが遊覧しているさまが描かれている。また、神泉苑には、空海が雨乞いを行ったという伝説もある。弘仁五年(八一四)頃に、嵯峨天皇の離宮としてできたのが嵯峨院である。後に大覚寺となり、そこにあった池は大沢の池として現在も残っている。百人一首歌でもある、

滝の音は絶えて久しくなりぬれど名こそ流れてなほ聞こえけれ

(拾遺集・雑上・四四九番・藤原公任)

は、長保元年(九九九)に藤原道長が多くの殿上人を伴って嵯峨に遊んだ際に、大沢の池の北側にあった古い滝を見て詠んだものである。歌意は、すでに滝は涸れてしまい、その音が聞こえなくなってから長い時が経ってしまったが、その名声は今もなお伝わって、世に鳴り響いていることだ。〈滝の水が流れる音が聞こえなくなった〉という自然の現象と、〈その滝の評判は今日にも流れ伝わって、聞こえ渡っている〉という人間世界での現象とが重なり合って、奥行きを創り出している。ことばの技巧に注目すると、「滝」「流れ」、また「音」「鳴り」「聞こえ」と縁語を連ねつつ、「た」と「な」の音を畳みかけるように用いることで、流暢な感じを生み出していると言えるだろう。

さてここまでは、庭園にある池を列挙しているわけだが、もちろん庭園の中にだけ池があったわけではない。その例としては、大沢の池の東南、遍照寺の麓にある広沢の池が挙げられるだろう。ここは月の名所として有名である。図2は、秋里籬島著・竹原信繁画『都名所図会』(安永九年〈一七

八〇）刊）に描かれた広沢の池である。画面右上に月が光り輝いている。

再び、庭園の歴史の中での池のありかたを時間軸に即しつつ追ってみる。

平安時代も後半を迎え、浄土教が信仰されるようになると、浄土庭園が発達する。その代表的な例は、藤原頼通(よりみち)が建てた宇治平等院(びょうどういん)の阿弥陀堂（鳳凰堂）とその園池で、これも今日に面影をとどめている。浄土庭園の池では多くの場合蓮の花が開くが、それによって極楽浄土が想起されるわけだ。図3は、『都名所図会』における「平等院」の挿絵である。画面中央下に池があり、蓮が浮いているのがわかる。まさに『観無量寿経(かんむりょうじゅきょう)』にあるような、極楽国土において八つの功徳(くどく)のある池水があり、それぞれが七種の宝石から成り、さらに十四の支流となって黄金の溝の中を流れ、それぞれの中に六十億の七種の宝石の蓮華があるというような世界を体感できるのである。蓮の葉が形成する果てしなく大きい世界に抱かれて、人々の心は安らかでいられるのだろう。後述するように不忍池においても蓮は重要な植物であったわけだが、この点は仏教的なありかたとは切り離せない。

鎌倉・室町時代は禅宗が台頭し、建築も書院造りとなる。この時代の庭園と言うとすぐ思い浮かべるのが枯山水だが、禅宗の庭園にも池はあった。

江戸時代初期の代表的な庭園としては、智仁(としひと)親王の桂離宮(かつらりきゅう)や後水尾(ごみずのお)天皇の修学院(しゅがくいん)離宮があるが、いずれも中心にそれぞれ心字池(しんじいけ)、浴龍池(よくりゅうち)がある。

江戸時代には大名庭園がさかんに造られたが、その多くは池の周りを回遊しながら観賞する池泉回遊式庭園であった。先に触れた六義園や桂離宮もその代表的なものと言えるし、他にも金沢の兼

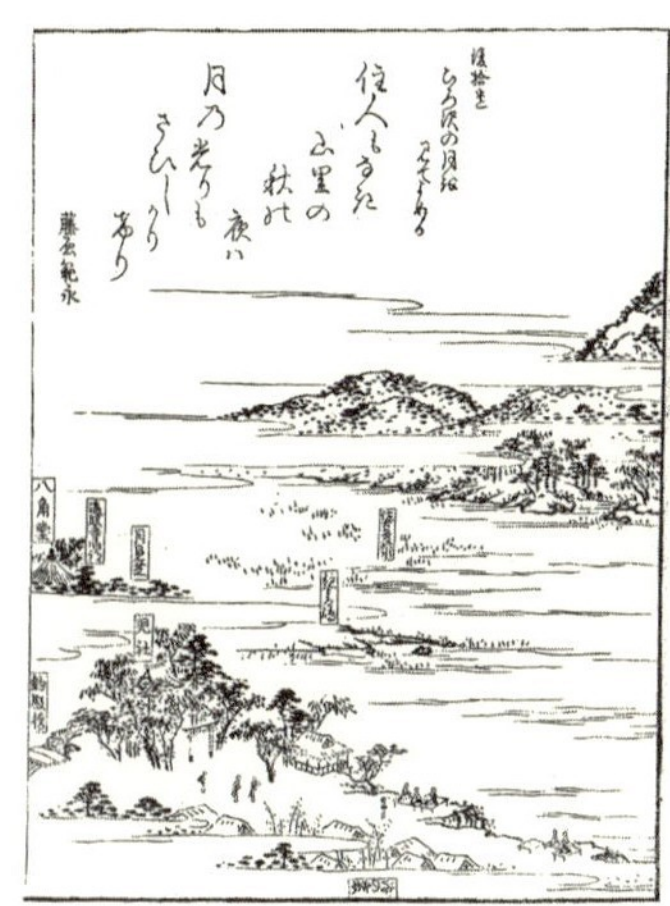

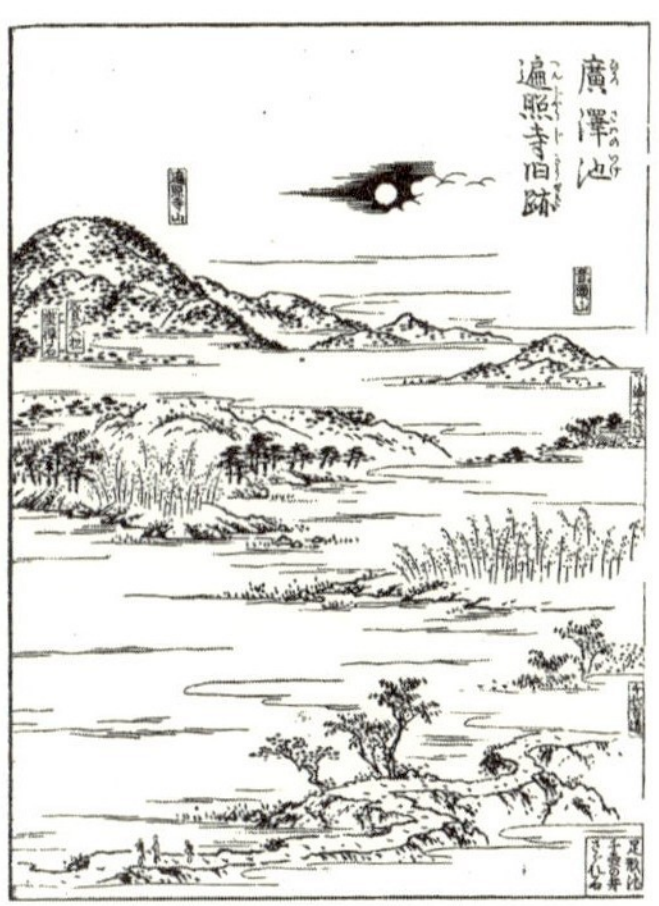

図 2 「広沢の池」(『都名所図会』)

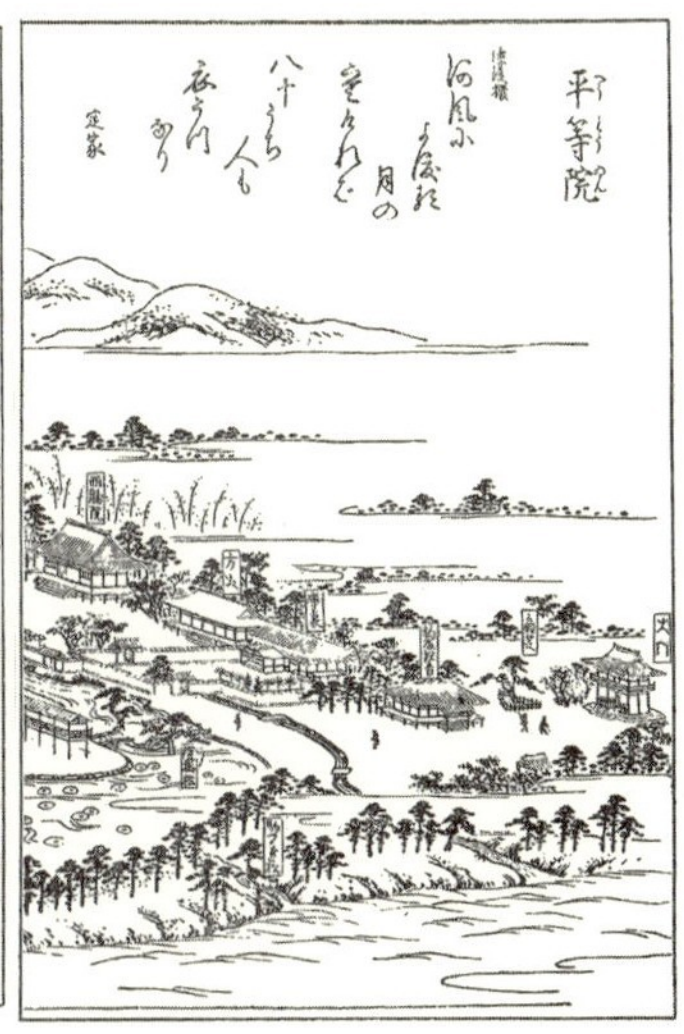

図 3 「平等院」(『都名所図会』)

六園や岡山の後楽園などが今日も有名であろう。

庭園を築き上げるためには、莫大な富が必要となる。時代ごとに造られた庭園、またそこに付随する池は、富や権力の象徴なのだと言えるだろう。

どうして庭園に池があるのか?

ここまで庭園の歴史において、それが特権階級によって所有され、さらに、池が重要な存在として認知されてきたことを見てきた。では、どうして庭園には池がつきものなのか。

それについては岡田憲久氏が次のような理由を挙げている(『日本の庭ことはじめ』一九四頁)。

①静謐な表情を持たせることも、ダイナミックなあるいは繊細な動きを持たせることも可能である。
②さまざまな種類の水音の演出によって庭園に表情を与えられる。
③暑い夏の都市生活の涼感の演出にも欠かせない。

①は視覚に関わること、②は聴覚に関わることである。①について補足すると、池それ自体は静かに水をたたえているが、そこに接続する小川や滝などによって、水は形を自在に変えることができる。形の上で変化を付けられるということだ。②も、水の形が変化することに伴って生じる。そして音の大きさや種類も多様である。③は、質感と音の双方によって生じるものと言えるだろう。
それ以外に、もっと本質的な理由も考えられる。

庭とは文明の発達とともに自然から遠ざかった人間が自然を取り戻そうとするものでもあり、庭は自然と人為の境界に位置する。そして、水は生命の源であり、水無しでは人間は生きていくことができない。いわば自然の根幹を形成する水は、庭にとって不可欠なのである。

そういった根源的な事柄によっても、水に満ちた池は庭園にとって必須だったのである。

現在でも、心が疲れた時に、公園にやってきて、ベンチに腰掛け、目を閉じて、池そのもののたたずまいやその周りの動植物を楽しむことで、なんとはなしに癒されるという経験は、多くの人が実感するところではないか。そんなことにも注目して、本書を読み進めていただければ幸いである。

不忍池の独自性

ここまでの論点をまとめよう。

池は、湖や沼ほどは大きくなく、しばしば人工的に造られる。また、歴史的に見て特権階級の所有物として庭園の一部であることも多かった。だからこそ文化的なものもまとわりついているのだ、と。

ではそれに比して、本書で取り上げる、今日の東京人にとってもなじみのある不忍池はどのような特質があると言えるのだろうか。

共通性としては、そもそもの始まりにおいて特権階級の所有物だったという点が挙げられる。不忍池が注目されるようになるのは、徳川家康・秀忠・家光三代の将軍が帰依した天海(てんかい)僧正によって寛永寺（かんえいじ）が創建されたことと密接に関わりがあるのである。

また、池自体は自然の産物だが、中島が築かれたり、そこに道や橋が渡されたり、さらに新地が造られるなどといった点において、人工的な要素が看取される。

さらに文化的という点でも、江戸時代以来多くの文学・絵画作品に取り上げられたことなどによって明らかである。明治時代以降、周辺に文化的な施設が造られたり、博覧会の会場になったことも同様である。

不忍池は蓮が名物であるわけだが、そのことは浄土庭園の池に蓮が植えられたことと関連していよう。

おそらく、不忍池もこれまでの池の歴史性を十分背負っているのである。

しかし、決定的な違いがある。

それは、庶民の憩いの場として大いに発展したという点である。特権階級の所有物としてのみならず、万民の娯楽の場でありえたこと、これが不忍池の特質として高く評価されていい点なのである。

また、蓮が名物であることは浄土庭園の影響であると述べたが、そういった仏教的な要素を根底に持ちつつも、もっと広い範囲で不忍池の蓮は愛されたと言える。宗教的な枠を超えて、広く文化的な記号として、人々の間に浸透したのである。

こういった事柄を押さえた上で、不忍池の歴史と文化について、以下検討していくことにしたい。

なお、併せて、江戸時代から明治時代へという時間的変遷、江戸から東京へという空間的変遷の中で、何が受け継がれ、何が受け継がれず、また新たに創造されたのは何だったのか、ということも探究したいと考えている。

すなわち、不忍池という土地で定点観測を行うことで、池そのものが持つ価値という論点、それと関わらせつつ、江戸から明治への変遷という論点を解明していくことが本書の目的である。

第一章　寛永寺の誕生

1　江戸以前の不忍池

入海の名残

すでに述べたように、寛永寺の創建によって不忍池の知名度も格段に高まるのだが、それ以前はどのような状況だったのだろうか。

じつは、原始時代には、上野台地と本郷台地の間の低地は入海(いりうみ)で、根津から西ヶ原にかけて湾入していた。しかし、時間の経過とともに砂土が堆積して洲ができ、奥の方から少しずつ埋まってきて沼になり、やがてさらに縮小して池になったのが、不忍池なのである。そうなったのは、中世の半ばと考えられる(『下谷区史』一一七二頁)。つまり、不忍池はこの一帯が入海だった時の名残なのだ。ちなみに巣鴨から田端を経て池の北側に注ぐのは藍染(あいぞめ)川と呼ばれる。

参考までに、江戸時代に入る直前、天正十八年(一五九〇)当時の江戸の地質の原形を表す図を鈴木理生『江戸・東京の川と水辺の事典』から転載しておこう(図4)。不忍池あたりはもともと入海

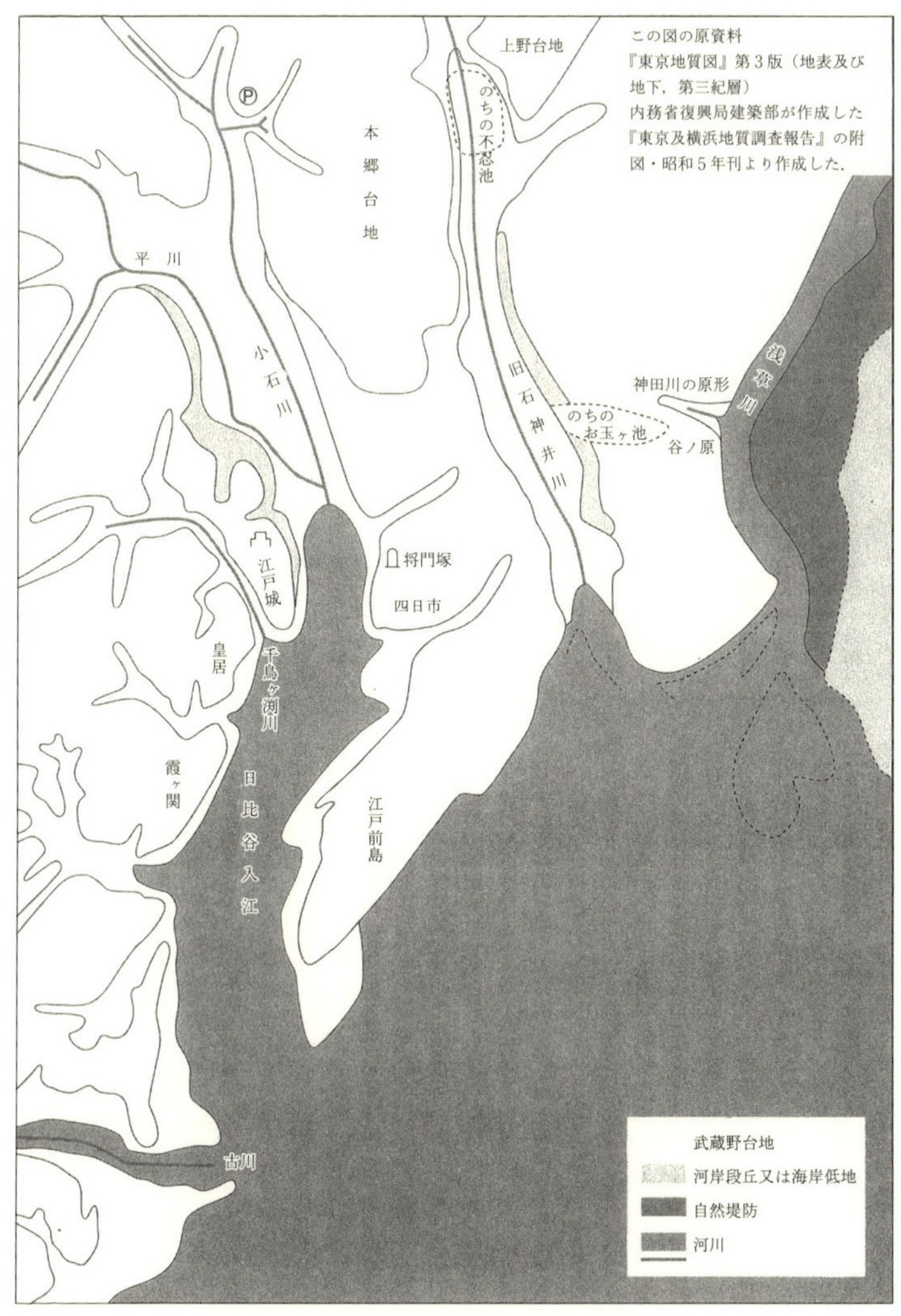

図4　天正18年(1590)当時の江戸の原地形

だったという状況を具体的に確認することができる。
もっとも、『武蔵国風土記残篇』という書には、

> 豊島郡篠輪津池、鯉・鮒・鰻魚・鴻・雁・鸛・鶴・鷺・鴨などを貢ぐ。周行十里ばかりほど。旱日、水涸れず、霖雨、害を為さず。旱・雨を祈る人、茲に詣づ。祭る所、瀬織津比咩なり。
> (もとは漢文だったのを書き下した)

とあり、この「篠輪津池」を不忍池と見なす説もある。各種の魚・鳥類が収穫され、日照りの時にも水は涸れず、長雨の時にも水害は起きない、豊かな池だったとある。「風土記残篇」とは散逸した『風土記』の残りの部分という意味なので、中世はおろか奈良時代の昔から、不忍池は存在していたことになる。

しかし、同書は偽書と考えられるため、この記述も信憑性は低い。ただ、江戸時代にはそのように信じられていたらしい。たとえば、比較的早い時期の江戸の地誌として知られている、浅井了意著『江戸名所記』(寛文二年〈一六六二〉刊)には「本はしのばずが池といひしを、今は篠輪津が池と呼び来れり」とあるし、近行遠通著・菱川師宣画『江戸雀』(延宝五年〈一六七七〉刊)にも「古はしのばずの池といひしを、近代しのわずの池といひならはせり」とあり、むしろ「しのばず」が古く「しのわず」が新しいという記述になっている。想像してみるに、この『武蔵国風土記残篇』の記述が

流布して、当時は「しのわず」と読み習わされていたのではないか。最も代表的な江戸の地誌である、斎藤幸雄他著・長谷川雪旦画『江戸名所図会』(天保五・七年〈一八三四・三六〉刊)には、「不忍池(また篠輪津に作る)」とあり、『武蔵国風土記残篇』も『風土記』として引用されており、江戸時代を通して、このことには一定の理解があったものと考えられる。

歌枕「武蔵野」、そして江戸城が築かれる

江戸以前の不忍池周辺がどのようであったかも確認しておこう。

そもそも不忍池がある武蔵野は、歌枕として和歌ではしばしば取り上げられていた。歌枕とは、和歌において特徴的な名所で、吉野なら桜であり、飛鳥川は無常の象徴だというように、ほとんどの場合、土地に付随する特徴を有していた。武蔵野の場合は、草ばかりが茂る広漠とした野ということであろう。都にいた貴族たちは実見することなく、そのような印象を抱いて、歌を詠んでいた。実際、平安時代の『更級日記』でも「蘆荻のみ高く生ひて、馬に乗りて弓持たる末見えぬまで高く生ひしげりて」とあり、鎌倉時代の『とはずがたり』にも似たような記述があるように、草ばかり生い茂る野原でもあったろう。

ちなみに、室町時代の紀行文である堯恵の『北国紀行』や道興の『回国雑記』には上野忍岡まで訪れたことは記されているが、不忍池は出てこない。

さて、この地に江戸城が築かれたのは、長禄元年(一四五七)、扇谷上杉氏の執事太田道灌によっ

てであった。十六世紀には、北条氏が関東において勢力を伸ばし、江戸城も支配下に収めていた。天正十八年(一五九〇)に、豊臣秀吉が小田原攻めを行うに際して、北条氏の支城となっていた江戸城を陥落させる。北条氏が滅亡した後、秀吉は徳川家康を関八州の太守として配置し、家康は江戸城を居城とすることになったのである。

右のことを考慮に入れると、江戸が都市として機能し、不忍池が文化的な特質を持つようになるのは、やはり江戸時代になってからのことなのだ。そのありかたを次節から見ていこう。

2　東叡山と弁財天――京都の権威を移す

寛永寺の創建

徳川幕府が始まって、江戸という地が日本の中心に据えられるようになると、その場所を鎮護する必要が生じてきた。陰陽道では、鬼は艮(うしとら)(北東)からやって来る。そのため、鬼門(きもん)を封じなくてはならない。

そこで選ばれたのが、江戸城の鬼門の方角に当たる場所に寺院を造営することだった。慈眼(じげん)大師こと天海僧正(一五三六―一六四三)の請願によって、寛永二年(一六二五)に寛永寺の本坊が創建されることになる。天海は、前述したように家康ら三代の将軍が帰依した天台宗の僧侶であり、将軍家への発言力も大きかった。その人物像については、後でも触れたい。

戦国時代末には、元亀二年（一五七一）の織田信長による比叡山焼き打ちなどによって天台宗は衰えていたが、江戸時代初期にかけて、むしろ関東において勢力を挽回していくことになる。天海が、徳川将軍、特に家康の信頼を勝ち取って、天台宗の寺院を江戸の重要な地に創建したことは、それに大きく貢献するものだった。

寛永寺の山号は東叡山である。これも、天海が住職だった川越喜多院の山号を移したものである。東叡山は、東にある京都の比叡山ということを意味する。比叡山延暦寺は、天台宗の総本山であり、天海は比叡山を江戸の地に移し替えることで、江戸城の鎮護とし、江戸という新興都市を権威付けようとしたわけだ。

延暦寺も京都御所鎮護のため、平安京の鬼門に建てられたものだった。延暦寺という寺号は、延暦七年（七八八）創建時の元号から名付けられたものであり、寛永寺という寺号も寛永二年に創建されたからなのだ。これらの点でも両者には密接な関係が認められるのである。

ただ、天海は寺院のみを移し替えようとしていたわけではなかった。

比叡山の麓には琵琶湖があり、そこには竹生島が浮かび、弁財天が祀られている。その構図全体を江戸に移入しようとする壮大な試みがなされたのである。図5は、「竹生島祭礼図」（大和文華館蔵）である。

そもそも風景というものには、概念上の〈型〉というものが存在している。清水寺も舞台だけが注目されがちだが、舞台の脇にある階段を下って行くと音羽の滝があり、あたりには桜が咲き誇っているといった構図全体があって、それらすべてをもって清水寺の風景は完全なものになる（鈴木健一『江戸諸國四十七景――名所絵を旅する』）。比叡山も、琵琶湖や竹生島とともにあってこそ、文化的な構図として完成されるのだ。

不忍池が「琵琶湖」であるためには、どうあればよいのか。言うまでもなく竹生島に相当するものが必要となる。そこで、不忍池には中島が築かれ、そこに弁財天が祀られることとなった。

図5　「竹生島祭礼図」

厳密に言うと、池には以前より島があり、そこにも弁財天が祀られていた。その南に、寛永寺が創建された当初、水谷伊勢守勝隆（一五九七―一六六四。常陸下館藩主）が新たに中島を築いて弁財天を祀ったのが、竹生島に見立てられたものなのである。さらにその南に、黄檗宗の僧侶了翁道覚（一六三〇―一七〇七）が寛文十年（一六七〇）に一切経を安置する経蔵を建立するために築いた経堂島もあったが、これは天和二年（一六八二）に取り崩された。したがって、ある時期には不忍池には島が三つあったことになる（『下谷区史』一一七四頁）。しかし、寛永寺―不忍池―中島―弁財天という構図の〈型〉が江戸初期に成立したという点には変わりない。

なお、池の端仲町の勧学屋大助方で売られていた錦袋円という痛み止めの丸薬も、了翁が夢の中で授けられたものだという(『江戸名所図会』)。

以上をまとめたい。

徳川家康が江戸の地に幕府を開いたことを受けて、古い伝統的な都である京都から新興都市江戸へ、天台宗総本山である比叡山延暦寺から江戸城を鎮護する東叡山寛永寺へ、日本最大の湖琵琶湖から不忍池へ、というふうに、伝統的な権威ある事柄を移し替えて、新しい都市である江戸を権威付けようとしたのである。

ありがたい弁天さま

弁財天についても触れておこう。

弁天さまのご利益は多岐にわたっている。富貴・延寿、学問と伎芸、戦勝に関わる、たくさんの恵みを与えて下さるのである。江戸時代には七福神の一つとしても篤く信仰された。

伎楽や水とつながりが深いインドの聖河の神を起源としており、そのため琵琶を持っている。『平家物語』巻七「竹生島詣」では、琵琶の名手平経正が小舟に乗り、竹生島に渡って弁財天に戦勝を祈願している。その地で経正が琵琶を奏でると、袖に白い龍が出現した。図6は、蔀関月編・画『伊勢参宮名所図会』(寛政九年〈一七九七〉刊)に載る「経正、竹生嶋詣」の挿絵である。

図6 「経正，竹生嶋詣」(『伊勢参宮名所図会』)

水と親しい関係にあるからこそ、池の中島にもふさわしい。

江戸時代の百科事典とも言うべき、寺島良安著『和漢三才図会』(正徳二年〈一七一二〉成立)では、日本五弁天として琵琶湖の竹生島以外に、江の島(現在、神奈川県)、厳島(現在、広島県)、金華山(現在、宮城県)、天の川(現在、奈良県)を挙げている。特に、竹生島・江の島・厳島のそれを日本三大弁天とも称する。そういう意味でも、琵琶湖の弁財天はきわめて権威があるのである。

弁財天の手は、八臂(八本)のものと二臂(二本)のものとがある。前者は軍神であり、後者は音楽の神で琵琶を持つ。鎌倉時代には、後者が一般的となった。ただし、不忍池の弁財天は前者である。

また、弁財天の使者は蛇なので、不忍池の

弁財天では隔月の己巳(つちのとみ)の縁日で賑わった。安永十年(一七八一)に成立した『はつ鰹(がつお)』に収められている笑話「蛇」では、蛙の親分が蛇にぶちのめされて病気になってしまい、なんとか弁天さまにおすがりしてその使わしめである蛇の災難から逃れたいというので、蛙が総勢で不忍弁財天へお参りに行く。

3 「忍」か「不忍」か——地名考証あれこれ

寛永寺の建造物

ここで、当時の寛永寺の全体を見てみたい。

まず、図7は『下谷区史』に載る「寛永寺草創以前の忍岡図(想定)」である。寛永寺が所蔵していた絵図に拠ったものと記されている。それによれば、寛永寺が建てられた土地には、もともとは伊勢津藩主藤堂高虎(とうどうたかとら)、越後村上藩主堀直寄(ほりなおより)、陸奥弘前藩主津軽信牧(つがるのぶひら)らの屋敷があったことがわかる。図の左上には不忍池も見える。

寛永二年(一六二五)に本坊ができた後、同四年には、尾張名古屋藩主徳川義直(よしなお)が常行堂(じょうぎょうどう)を、紀伊和歌山藩主徳川頼宣(よりのぶ)が法華堂(ほっけどう)を、常陸水戸藩主徳川頼房(よりふさ)が輪蔵(りんぞう)——回転式書架のある経蔵——を、藤堂高虎が東照宮を、下総古河藩主永井尚政(ながいなおまさ)が仁王門を、それぞれ寄進・造営する。それ以後のことは省略するが、諸大名によって少しずつ建築物が整っていった。

水谷伊勢守が新たに中島を築いて、そこに弁財天を祀ったのもおそらく寛永年間(一六二四―四四)のことである。寛永八年には天海が清水観音堂を建立している。これも京都の権威ある存在を移入してきたということなのだ。

嘉永四年(一八五二)に刊行され文久二年(一八六二)に改正された、尾張屋版の切絵図「東都下谷絵図」を検討してみよう(図8)。画面右手に「御本坊」とある。その左に「中堂」とある巨大な建物は、元禄十一年(一六九八)に建てられた根本中堂である。目を左に転じていくと「釈迦堂(法華堂)」と「阿弥陀堂(常行堂)」があり、両者の間には橋が架けられ、天秤を荷っている姿に似ているところからこれらを「荷負堂」と称する。さらに左に「文殊楼(吉祥閣)」があり、その右上に「御宮」とあるのが東照宮である。近くに「大仏」もある。やはり画面左上に不忍池が見える。不忍池の中島から下に目を移すと、清水観音堂があり、近くに「黒門」があるのがわかる。今日の上野公園がすっぽり入る大きさなのである。なお、根本

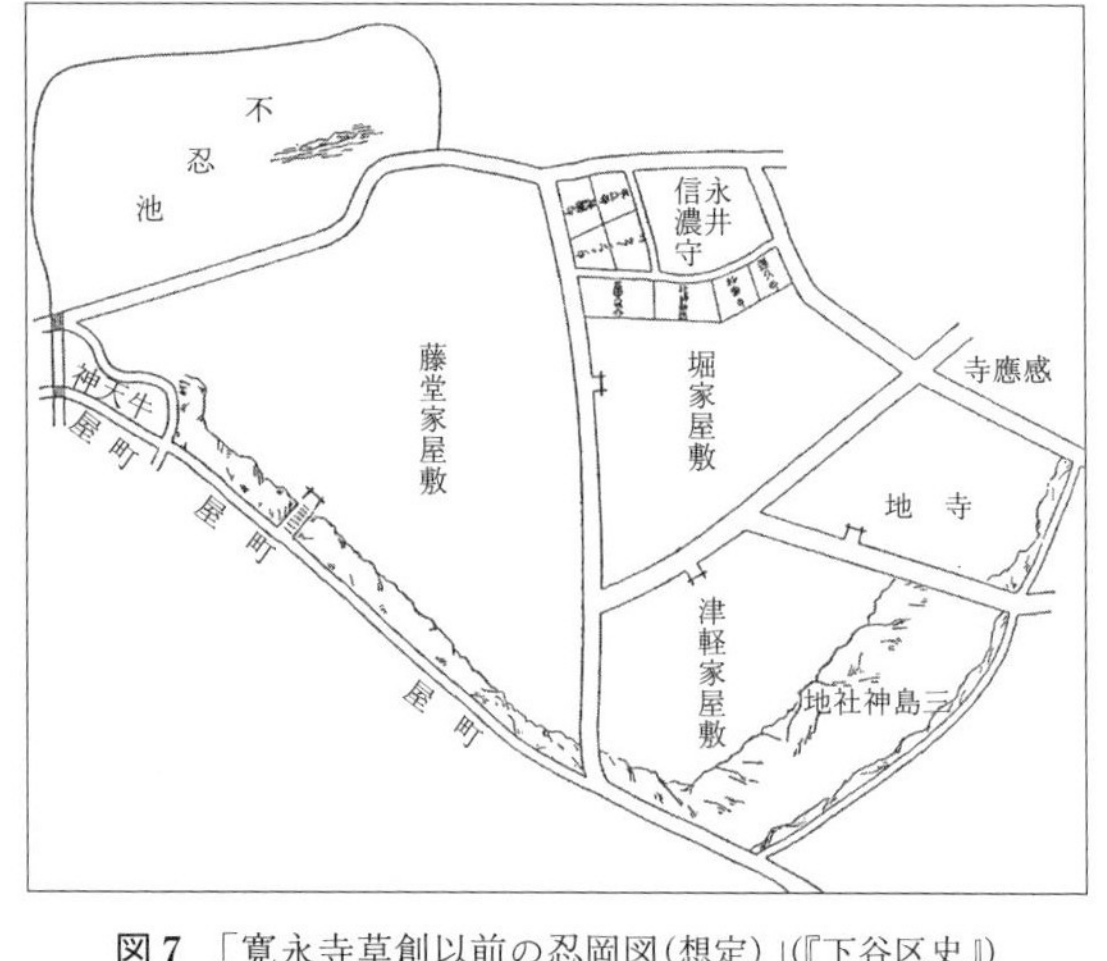

図7　「寛永寺草創以前の忍岡図(想定)」(『下谷区史』)

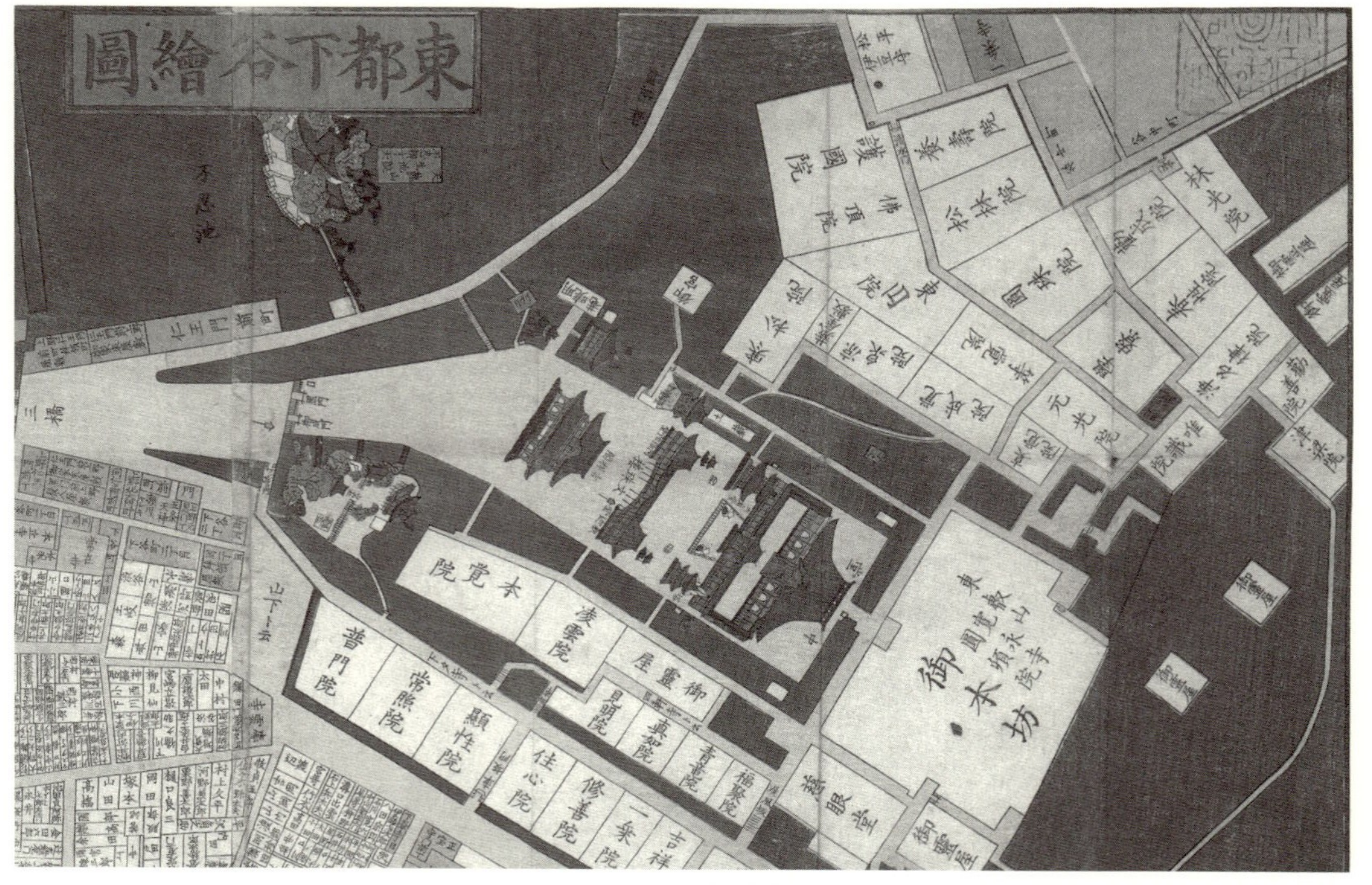

図8 「東都下谷絵図」

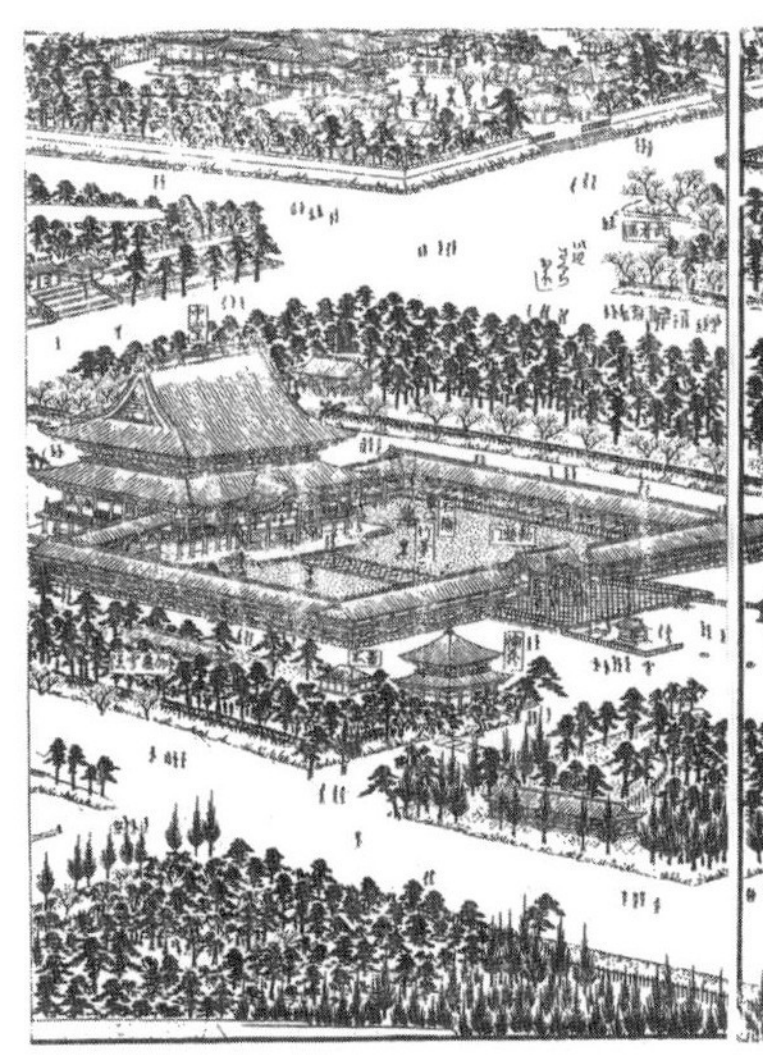

図9 「東叡山寛永寺」(『江戸名所図会』)

中堂や荷負堂などの命名も延暦寺に拠っている。

『江戸名所図会』の挿絵の一部でも確認しておく。図9では、左手に根本中堂が高々と聳え立ち、その前に右から「法華堂」「常行堂」が並んでいる。この図はさらに横に広がっていて、全体を見ると寛永寺がいかに壮観だったかが体感できるので、興味のある方はちくま学芸文庫『新訂 江戸名所図会』第五巻を実際に手に取って確認していただきたい。

寛永寺には、徳川家の墓所もあった。図8の本坊の右側にある「御霊屋」がそれである。ここには、家綱、綱吉、吉宗、家治(いえはる)、家斉(いえなり)、家定(いえさだ)、慶喜(よしのぶ)という七名の将軍の墓がある。このうち、慶喜は大正二年(一九一三)に没しており、江戸時代のこととは言えない。一方、家康と家光の墓は日光東照宮にあり、また残りの六名、秀忠、家宣、家継、家重、家慶、家茂の墓は徳川家の菩提寺である芝増上寺に祀られているのである。つまり寛永寺と増上寺には同数の将軍の墓があることになる。江戸時代には、将軍がどちらに埋葬されるかをめぐって、寛永寺と増上寺の間に激しいやり取りがあった(浦井正明「江戸時代の寛永寺」)。

以上を構図の〈型〉という点でまとめてみると、根本中堂を中心として、その背後に本坊、墓所があり、根本中堂の前に法華堂と常行堂、その先に文殊楼、清水観音堂、黒門と続き、少し外れたところに東照宮と大仏があり、不忍池も脇に控える、という大きな構図が上野寛永寺を表象する〈型〉なのだ。

寛永という時代は、徳川幕府の権力が固まりつつあった時期だった。慶長八年(一六〇三)に徳川幕府が成立して、家康が初代の征夷大将軍に任ぜられた後、同二十年(元和元年)に大坂夏の陣があって豊臣氏が滅び、元和二年(一六一六)には家康が没する。三代将軍家光が即位するのが元和九年で、翌年が寛永元年である。寛永には、武家諸法度(寛永令)の発布、参勤交代の義務化、日光東照宮の造替、ポルトガル船の来航禁止とオランダ商館の出島移転などがあり、幕藩体制が確立した。寛永寺創建もそういった徳川家の権力強化の一環と見なせるのである。

天海の人物像

家康・秀忠・家光三代の将軍が帰依し、寛永寺を創った天海僧正とは、どのような経歴を持つ人物なのだろうか。

生まれたのは天文五年(一五三六)である。同十五年、十一歳の時に出家し、同十八年、比叡山に登り、そこで修行した。元亀二年(一五七一)、三十六歳の時に、延暦寺が織田信長によって焼き打ちされて全焼したため、衆徒を引き連れて武田信玄のもとに赴く。その後、常陸の不動院や武蔵の喜多院などの住職をつとめた。厳しい戦国の世をしたたかに生き抜いた僧侶だったわけだ。

慶長十三年(一六〇八)、七十三歳にして家康の招きを受けて駿府に赴く。「黒衣の宰相」と言われた、臨済宗の以心崇伝(一五六九—一六三三)とともに、家康の信頼を最も勝ち得た僧侶となり、幕政にも関与した。大坂の陣のきっかけとなった方広寺鐘銘事件にも深く関わっている。

元和二年、家康の葬儀に際しては導師となり、その年には大僧正にも任ぜられている。崇伝が家康を明神号で祀るのを主張したのに対して、天海は権現号で祀ることを主張して対立、結局天海の意見が受け入れられた。

寛永二年には、すでに述べているように寛永寺を開き、関東天台総本山とした。この時、なんと九十歳であった。同十四年、寛永寺において『大蔵経』の開板を企図している。これは天海版と称される出版事業である。同二十年、百八歳で没している。

宗教史の流れの上では、比叡山が焼き打ちに遭ったため大きな打撃を受けた天台宗が復興していくことに大きな役割を果たしたという点で、天台宗中興の祖と言える。また、幕政に関わったという点で、政治的な力を持ち得た僧侶と言える。両者は密接に関連しているのであろう。さらに百八歳まで長寿を保ったという点などが加わって、怪僧という人物像も形成されていったのではないか。

なお、よく知られている逸話としては、平戸藩主松浦静山の随筆『甲子夜話』(文政四年〈一八二一〉起稿)巻六に、次のようなものがある。

ある日、天海が家光から柿の実を賜った。それを食した後、懐に種をしまうのを見た家光は「それをどうするのか」と尋ねたところ、天海は「持ち帰って植えるのでございます」と答えた。すでに高齢であった天海はそのようなことをしても無駄なのではないかと家光が不審がると、天海は「天下を治めておられる方がそのような性急な考えではいけません。そのうち、柿の生長をご覧に入れましょう」と言って退出した。年を経て、天海は柿を器に盛って献上した。どこの産物かと問う家光に対して、「これは先年頂戴した柿の種が生長したのでございます」と申し上げたのである。そこにいた人々はみな感服した。

右からは、深謀遠慮をもって若い将軍を導く高僧といった趣が伝わってくる。すでに江戸時代も後半になり、理想化されているとも言えるし、時が経っても、一筋縄ではいかない手ごわい僧侶という感じは継承されているとも言えるだろう。

余談だが、山田風太郎の小説『甲賀忍法帖』(光文社、一九五九年)は、秀忠の後継者として竹千代と国千代のいずれを選ぶかを決定するために、伊賀・甲賀の忍者それぞれの精鋭十人が戦い合うという設定で、多様な忍者たちの戦いが面白くて一気に読めてしまうのだが、この小説の中でそのような戦いを発案したのは天海だということになっている。家康のお気に入りでいかにも怪しげなことを考えそうな僧侶として描かれており、私は若い頃にこちらで天海の人物像を創っていたくらいである。

なぜ不忍なのか?

ところで、なぜ「不忍」という命名がなされたのであろうか。これについては、諸説あるのだが、本居宣長(もとおりのりなが)が晩年に記した随筆『玉勝間(たまかつま)』巻五「江戸の地名これかれ」で述べているように、

不忍の池といふ名も、忍びの岡より出たるにやあらん。

というのが最も的を射ている答であろう。『江戸名所図会』にも、「不忍とは忍の岡に対しての名なり」とある。「忍びの岡」とは上野一帯の丘陵地を指す名称で、古来歌枕として知られていた。すでに鎌倉時代初めの歌学書『八雲御抄(やくもみしょう)』の名所部にも、武蔵国には「しのびの岡」があるとされている。そのような優雅な地名を意識した上で、それを否定形にして池の名としたというわけだ。

そもそも「忍ぶ」という動詞には、『古典基礎語辞典』(角川学芸出版、二〇一一年)によれば、「①気持ちを抑えてじっとこらえる。我慢する。たえる」「②人目につかないように隠す。秘密にする」という二つの意味がある。古典和歌においても「忍ぶ」ということばは、恋の始まりに際して、自らの気持ちを抑え、また人に知られぬよう秘匿するという態度を表すわけだが、「忍ぶれど色に出でにけり我が恋は物や思ふと人の問ふまで」(拾遺集・恋一・六二二番・平兼盛)のように、「忍ぶ」状

態でありたいが、そうはいられないとして、恋心の強さを表現することが多かった。

さらにそれを「忍ばず」と否定形にすることで、到底我慢できない、人目につかないよう隠しておくことができない、という意味になり、「忍ぶ」という動詞の持つ感情がいっそう強く印象付けられていく。

ここで、古典和歌の表現技法という補助線を導入して考えてみる。『古今集』の恋歌でしばしば用いられる、恋の最終段階を表す歌ことばに、恋しい人を「忘る」という動詞がある。しかし、「忘る」はそのまま用いられるだけではなく、否定形の「忘れず」――私はあなたを決して忘れない――とすることで、相手への強い愛惜の念を表現したりもする。つまり、「忘る」「忘れず」が両方使われることで恋をめぐるありかたが細やかに映し出されていくわけだ(鈴木宏子『古今和歌集表現論』)。このことは「忍びの岡」に「不忍池」が対置されることにも応用できるのではないだろうか。すなわち、「忍ぶ」だけではなく「忍ばず」もあることによって、「忍ぶ」という動詞をめぐる情感が奥行きのあるものとして高められていくのだ、と。

なお、それに関連して、御伽草子に『しのばずが池物語』という作品があることも言い添えておかねばならない。寛文八年(一六六八)に刊行されたということだけがわかっていて、成立がいつなのか正確にはわからない。その内容を、この作品を詳細に論じた中野真麻理「谷中道――『しのばずが池物語』のこと」を参考にしつつまとめてみると、次のようになる。

武蔵国谷中に「いなに兵部の少ゆきちか殿」という長者がおり、その家には「蓮の前」という美しい女房がいた。「ゆきちか」が言い寄っても靡かなかった「蓮の前」は、やがて「かわづの右衛門」と相思相愛になり、彼の子を身籠ってしまった。それを知って激怒した「ゆきちか」は、「蓮の前」を池に沈める。逢瀬が途絶え、悲嘆に暮れる「かわづの右衛門」の前に現れた「蓮の前」は彼と一夜語り明かした後、これからは「しのぶが池」ではなく「しのばずが池」だと言い残して水底に沈んで池の蓮になり、「かわづの右衛門」も後を追って入水した。池には弁財天が祀られている。

これまで人目につかないようひそかに愛し合っていたけれども、死後の世界では、我慢したり隠さなくても愛し合える仲になったのだというように、蓮の前がかわづの右衛門に告げたということになる。死後の世界に救済を求めるという点では、きわめて中世的な内容だと言えるであろう。寛文八年刊行という点からは、おそらく江戸時代に入ってから創作されたものと思われる。そういう点では、江戸時代初期には不忍池という呼称が成立していたと想像されるのである。

最後にもう一つだけ、なぜ「しのばず」なのかについての江戸時代の説を紹介しておこう。歌学者戸田茂睡(とだもすい)の編集した『鳥の跡(とりのあと)』(元禄十五年〈一七〇二〉成立)には、「しのぶ」を表すのに、「は」文字を父とし「す」文字を母としているので「しのばず」となるのだ、という記述がある。

これには、中国で漢字の字音を表すのに他の漢字二音を組み合わせて行う「反切(はんせつ)」という方法が関連している。上の字(父の字とも)によって声母(頭子音)を、下の字(母の字とも)によって韻母と声調(アクセント)を示すという方法で、たとえば「台」の字音を「徒哀反」もしくは「徒哀切」として示し、「徒」の頭音〔t〕と「哀」の韻〔ai〕によって〔tai〕という字音を表現する。日本では、五十音図も反切に基づいて作られたという説がある。また、貝原益軒(かいばらえきけん)著『日本釈名(にほんしゃくみょう)』(元禄十三年刊)は、「ゆき(雪)」の語源は「やすくきゆる」であり、「や」〔y〕と「す」〔u〕の反切によって「ゆ」〔yu〕になったと説明する。この理論に即しつつ「しのばず」についてもう一度説明してみると、「は」の頭の字〔h〕と「す」の韻〔u〕を組み合わせれば〔hu〕となるわけだ。つまり、「しのばず」は「しのぶ」の音を反切で示しているだけであって、両者は同義だというのである。説としてはこじつけめいていて、宣長らの方が妥当だと思うが、これはこれで日本語の歴史の影響を受けていて興味深いので、補足的に掲げておく。

第二章　蓮見と料理茶屋

不忍池は、江戸時代においてどのような場所であったのだろうか。本章では、そのありかたを時間を追いつつ把握した上で、浮世絵によってさらに確認し、文学作品の表現によって情感豊かに受け止めていきたい。

1　蓮の名所として——江戸地誌の世界

まずは不忍池の歴史を、主に地誌を利用して、江戸時代初期から始めて時の経過とともにたどりながら、それらがどのような土地として認識されるに至ったかを展望してみたい。

陸からの道が築かれたのはいつか？

前章で述べたことだが、江戸時代初期に池には中島が三つあった。しかし、それらには陸地から橋などが架かっていたわけではなかった。そこへ行くには、船に乗らなくてはならなかったのである。十七世紀中頃、浅井了意著『江戸名所記』(寛文二年〈一六六二〉刊)の挿絵(図10)を参照しても、離れ小島であったのが確認できる。

その理由としては、琵琶湖においても竹生島へは船で渡っていたこと、俗人が訪れやすくなることで弁財天を祀っている島の清浄さが失われること、などの理由によって天海が反対したからだと伝えられる(鷲陵迂人「文政年間不忍池畔の景況」『風俗画報』明治二十八年〈一八九五〉七月十日)。この後、時を経て、中島や池の周辺には出合茶屋が建ち並び、風紀が乱れたということを考えると、天海の懸念は当たったとも言える。

図10 「不忍池」(『江戸名所記』)

陸からの道が築かれ、橋が架けられたのは、寛文(一六六一—七三)の末とされる(『江戸名所図会』)。だからこそ『江戸名所記』の挿絵は離れ小島であるわけだ。

蓮の名所として

不忍池にとって最も重要な自然物は、蓮である。

古典和歌の歴史の中で、歌に幾度も詠まれる名所――「歌枕」――と、その場所に関連する自然物――専門用語では「景物」と言う――の組み合わせは数多くあった。たとえば、吉野と桜、井手の玉川と蛙・山吹、隅田川と都鳥、など挙げていけば切りがない。不忍池と蓮も、江戸時代以降に形作られた新しい歌枕と景物の組み合わせだと言える。

不忍池が蓮の名所だということは、いつ頃に確定したことなのだろうか。

先ほど取り上げた寛文八年刊行の『しのばずが池物語』の主人公は、蓮の前という名前だった。延宝八年(一六八〇)刊の『江戸方角安見図』(図11)では、不忍池に蓮が描かれている。戸田茂睡が著した江戸名所案内の書『紫の一本』(天和三年〈一六八三〉頃成立)でも、この地について「池のこなたの汀のさゞ浪、蓮の枯葉のうかびたるも見ゆれど」とある。

そうすると、十七世紀の後半、江戸時代前期にはこの美意識はもう確定していたということであろうか。

享保十七年(一七三二)刊行の菊岡沾涼著『江戸砂子』は江戸時代中期の代表的な江戸の地誌だが、そこにも不忍池について、

東叡山の麓にして、天台四観の湖水浪しづかにして、紅白の荷葉は水面をふききて、たゞ芝生のごとし。

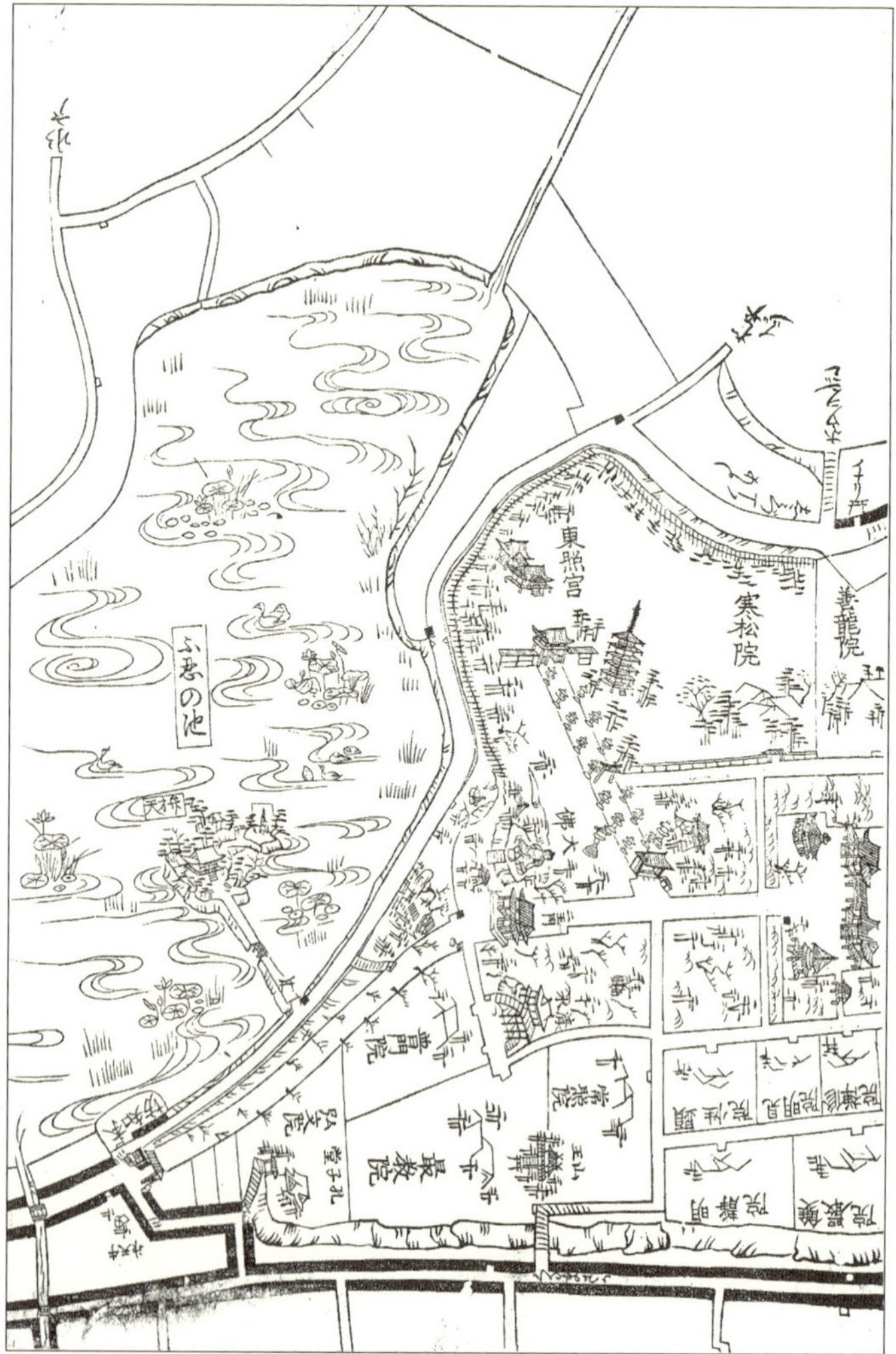

図11 『江戸方角安見図』

図 12　「不忍池」(『東都勝景一覧』)

とあり、この頃にはすっかり定着していたことがうかがえる。「荷」とは、蓮のことである。ちなみに『江戸砂子補正』という書には、六、七月頃になると、蓮の若根を将軍家へ献上したと記されている。

江戸時代の後期になるとどうだろうか。図12に、寛政十二年(一八〇〇)刊行の葛飾北斎画『東都勝景一覧』に載る「不忍池」の図を掲げよう。中島から蓮取りを見物しているところが描かれている。

次に、江戸を気ままに歩いたという観のある、浄土真宗の僧侶で十方庵の号もあった大浄敬順が著した『遊歴雑記』三編中(文化十三年〈一八一六〉成立)から、中島への道々を描写した部分を引こう。

入口より本社まで石の反橋など越て凡

壱町余、社の大さ五間、堂内の荘厳壮麗にして、こゝろ〴〵の奉納の品々は社の内外に満り。

道や橋を越えて約一〇九メートル歩くと、弁財天が祀られている本社にたどり着く。本社の大きさは約九メートル、堂内は厳かで美しい。社の内外には、参詣した人々の心尽くしの奉納品で満ちている。いかに多くの人の信仰を集めて活気があったか、この一文によって知ることができるだろう。

文政十年(一八二七)に刊行された岡山鳥著・長谷川雪旦画『江戸名所花暦』は、江戸の代表的な行楽案内書だが、そこにおいても、

名物蓮めし、田楽等を鬻ぐ。花盛りのころは、朝まだきより遊客、開花を見んとて賑ふ。実に東雲のころは、匂ひことにかんばしく、また紅白の蓮花、朝日に映ずる光景、たとへんに物なし。

とある。花がさかんに咲いている季節には、開花のさまを見物しようというので、朝早くから人々が大勢出てにぎやかになる。特に、東雲——東の空がわずかに明るくなる夜明け方——には、ひときわかぐわしい香りが漂ってきて、また朝日によって輝く紅白の蓮花の美しさと言ったら、他に例を見ないほどである。このあたり、不忍池という地が蓮を見物に行く場所としての庶民性を獲得し

ていることがうかがえる。名物として蓮飯があったこともそういった傾向を助長していよう。蓮飯とは、新しい蓮の葉に飯を包み、よく蒸して、葉の香りを移したものとされる。蓮の若葉を蒸して細かく刻み、塩と一緒に飯に混ぜたものを言う場合もある。太田全斎著『俚言集覧』(寛政七年〈一七九五〉以降成立)に「荷葉飯、七月生霊棚の供物なり」とあるように、お盆の頃の食べ物だった。川柳では、出合茶屋とともに詠まれることも多いが、これについては後述する。

ちなみにさきほど取り上げた『遊歴雑記』三編中には、

五月にいたれば蓮飯と称して家毎にひさぐ。但し客を待せ置つゝ舟に棹さし水中に僅に茎立し蓮の巻葉を採刻みて飯に和す。その匂ひ大に格別也。これ此地の一品といふべし。

とある。注文を受けたら、客を待たせておいて、蓮を採りに行くというのんきなものだったらしい。だからこそ新鮮なのかもしれない。

図13に『江戸名所花暦』の挿絵も掲出しておこう。画面左上には、江戸時代後期を代表する歌人加藤千蔭の、

うちよする浪かあらぬかゆふかぜの吹きうらがへすいけのはちす葉

という歌が掲げられている。歌意は、打ち寄せる波なのか、そうではないのか、夕風に吹かれて葉

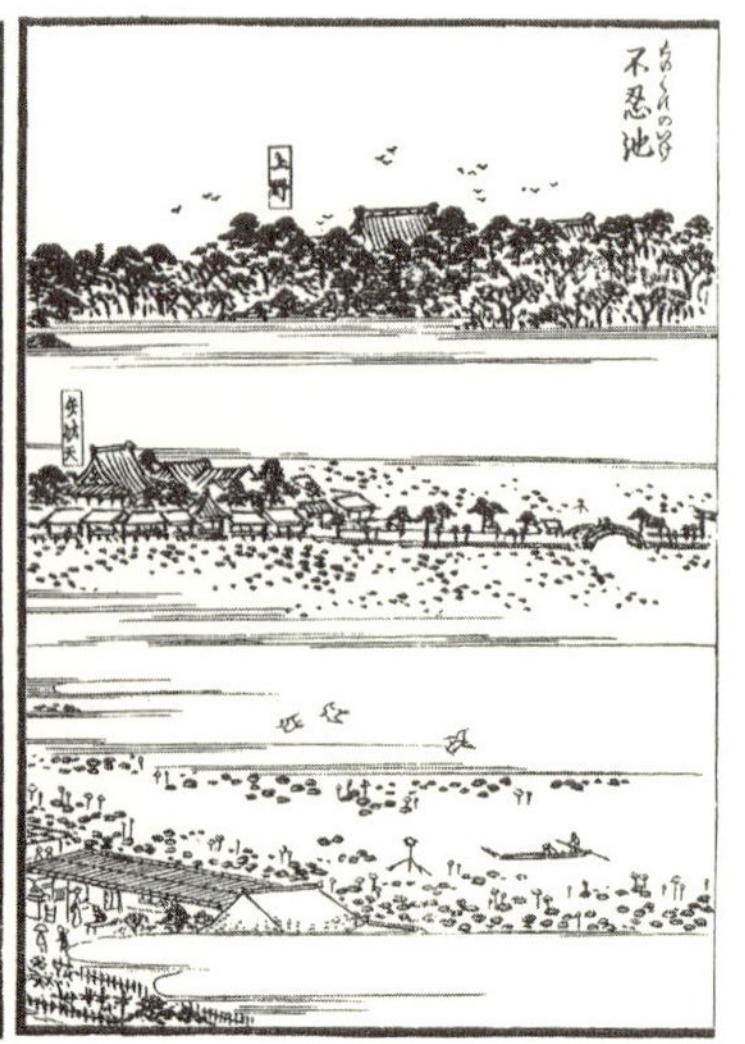

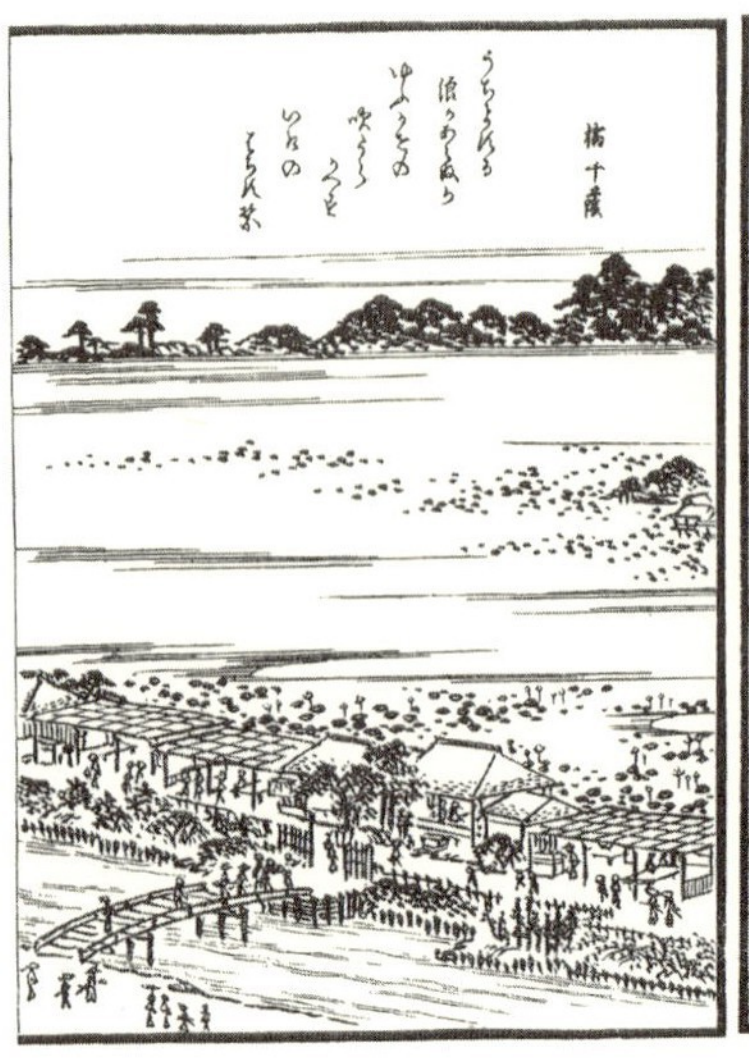

図13　「不忍池」(『江戸名所花暦』)

が裏返る池の蓮は。風によって蓮の葉が裏返るさまを、打ち寄せる波に見立てている。手前に見えるのは池の中の土手に建てられた新地とそこに立ち並ぶ茶屋であるが、これについても後述する。

斎藤月岑著、長谷川雪旦・雪堤画の『東都歳事記』(天保九年〈一八三八〉刊)では、卯日・納涼・蓮・月・看雪などの項目において不忍池が取り上げられている。そのうち、蓮の項の解説を以下に引く。

蓮　○(小暑の後二十日頃より)。不忍池(東都第一の蓮池なり、荷葉しげりて水面を蓋ひ、蓮蕚婉々として鮮やかに潔く、芳香また他にすぐれたり。これを賞する騒人、黎明よりこの地に逍遥す。妙音天の祠の環拍戸多く、毎家

図 14　「不忍之池全図，中島弁天之社」(『絵本江戸土産』)

荷葉飯を售ふ、当所の名産とす）。

不忍池は東都――江戸――で最もすばらしい蓮池なのだ。ここでも、黎明に人々が蓮の花を観賞しにやって来ること、蓮飯が売られ、料理屋が建ち並ぶことなどが記されている。十九世紀の江戸の地誌類において、不忍池と言えば、蓮による風雅を求めて人々が集い、蓮飯が売られる繁華な地なのであった。

さらに幕末になって、松亭金水著『絵本江戸土産』(嘉永三年〈一八五〇〉―慶応三年〈一八六七〉刊)では、図14のように描かれる。上段に記される文章では、

池中赤白の蓮華を開きて、夏月の奇観双ぶかたなし。中島の弁財天、廻

りに数多（あまた）の酒楼（さかや）あり。春は台嶺の花を眺望（ながめ）、秋は湖上の月に興あり。冬は鴻雁（こうがん）蠅のごとく水に戯ぶれ、浪に遊ぶ。就中（なかんづく）、雪中の景、実に風流の勝地なり。

とあり、夏の月や蓮をはじめとして、春の桜、秋の月、冬の雪、など興趣を催す景物に事欠かないことが記されている。「台嶺」は上野を言う。

不忍池の特性で最も大きいのは、やはり蓮の名所だということであろう。江戸の蓮の名所と言えば、赤坂の溜池（ためいけ）や芝増上寺内の弁天池もあるものの、やはり不忍池には及ぶまい。不忍池と蓮という美意識の組み合わせは近代になっても受け継がれており、江戸時代から明治時代、江戸から東京への最も重要な連続面だと言える。

江戸名所の数々

不忍池以外にも江戸の名所として有名なものはいくつもある。そのことについて確認しておこう。最も有名なものは三つあると言えるだろう。古来よりの歌枕であり、かつ庶民の歓楽の場であった隅田川、庶民に信仰されてにぎわった浅草寺（せんそうじ）、そして遊郭の吉原（よしわら）である。吉原は性的なものを扱うという点で特殊なので、隅田川・浅草寺と同等に扱っていいかどうか何とも言えないが、しかし、江戸文化における重要度という意味では、やはり隅田川・浅草寺に比肩する場所と見てよい。図15に『江戸名所図会』より浅草寺、図16・17に『江戸名所花暦』より隅田川・吉原の各一図を掲げた。

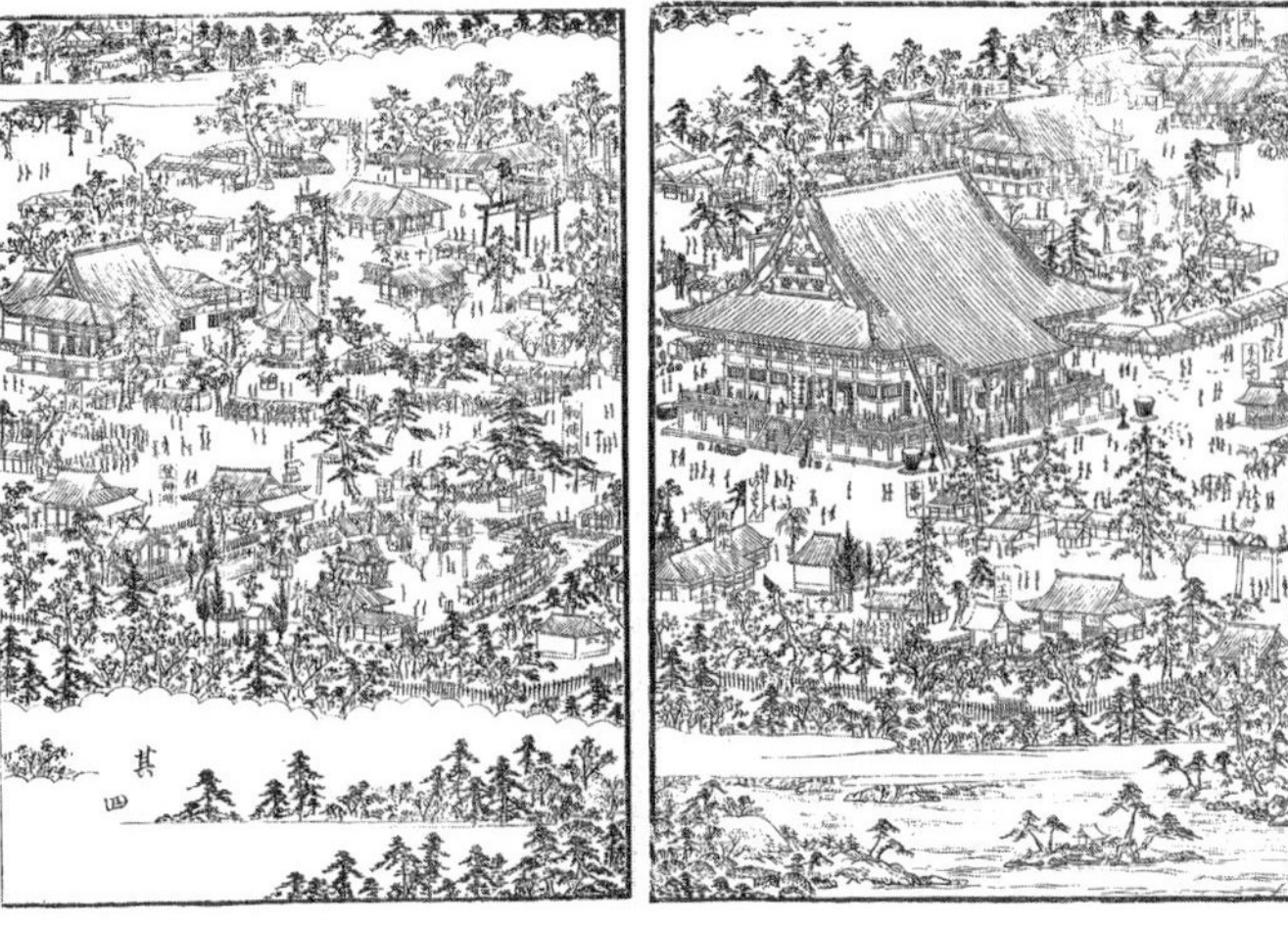

図 15 「浅草寺」(『江戸名所図会』)

図 16 「隅田川の雪」(『江戸名所花暦』)

図17　「新吉原」(『江戸名所花暦』)

それに続く有名な名所としては、五街道の起点日本橋、東海道の宿場町品川、祭礼で有名な神田明神や日枝神社、赤穂浪士ゆかりの泉岳寺、藤が美しい亀戸天神、江戸五色不動の一つ目黒不動尊、吉宗の命によって桜が植えられた飛鳥山などが挙げられる。

不忍池も、寛永寺と一体として、後者の一群とほぼ同じ扱いを受けていると見てよいだろう。

蓮の持つ文学的特質

文学的に、蓮の花にはどのような印象が持たれているのだろうか。

蓮は、季語としては晩夏の植物である。葉柄は長く水上に出て、楯形の大きな葉を持つ。夏には大輪の花を咲かせる。図18には、中村惕斎編『訓蒙図彙』(寛文六年〈一六六六〉刊)の「蓮」を引いた。

平安時代の代表的な歌集で、最初の勅撰和歌集でもある『古今集』から、僧正遍昭の有名な一首を引こう。

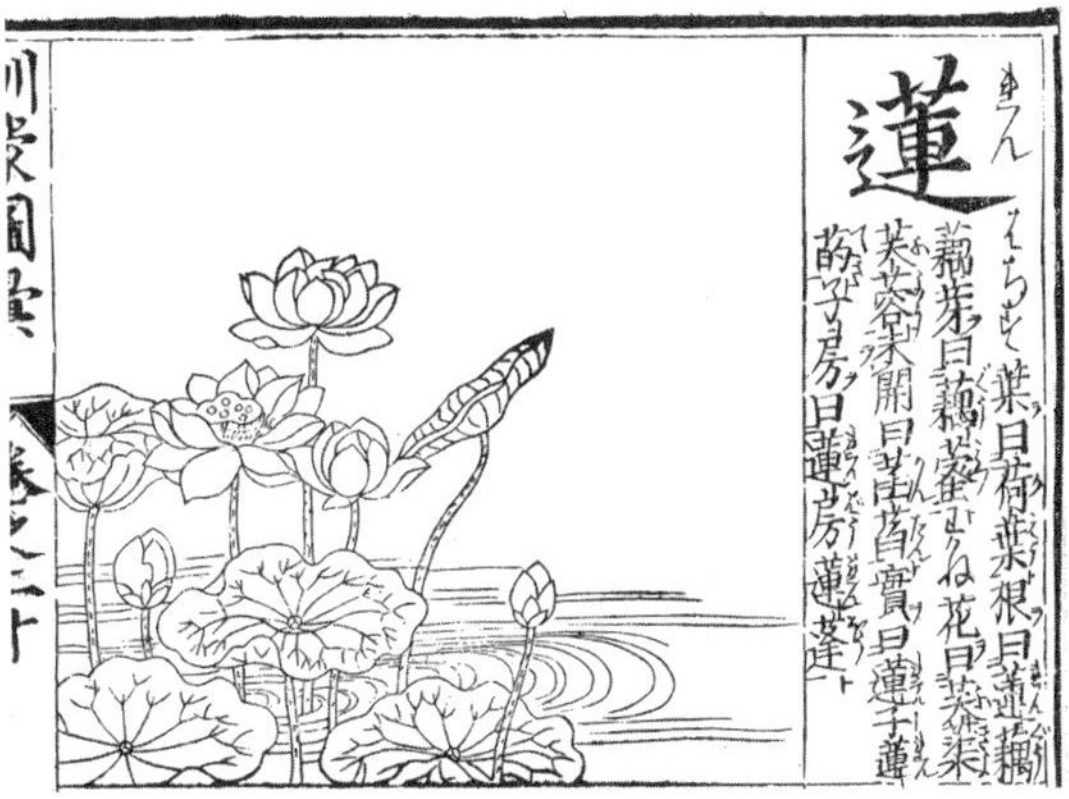

蓮葉のにごりに染まぬ心もてなにかは露を玉とあざむく
(夏・一六五番)

蓮の葉が泥水の中に生えていても濁りに染まらない清らかな心を持っていながら、どうしてその上に置く露を玉と偽るのであろうか。「玉」は、真珠・宝石などと訳してもよい。

上句では、『法華経』従地湧出品にある「世間の法に染まらざること、蓮華の水に在るが如し」を踏まえ、泥土にあっても美しい花を咲かせる蓮のありかたを詠み、下句では、そのように聖なる花であるのにどうして露を玉だと見せかけて人を欺くのかと機知的に戯れている。露をまるで玉のようだと見立てている技巧なのである。

図18 「蓮」(『訓蒙図彙』)

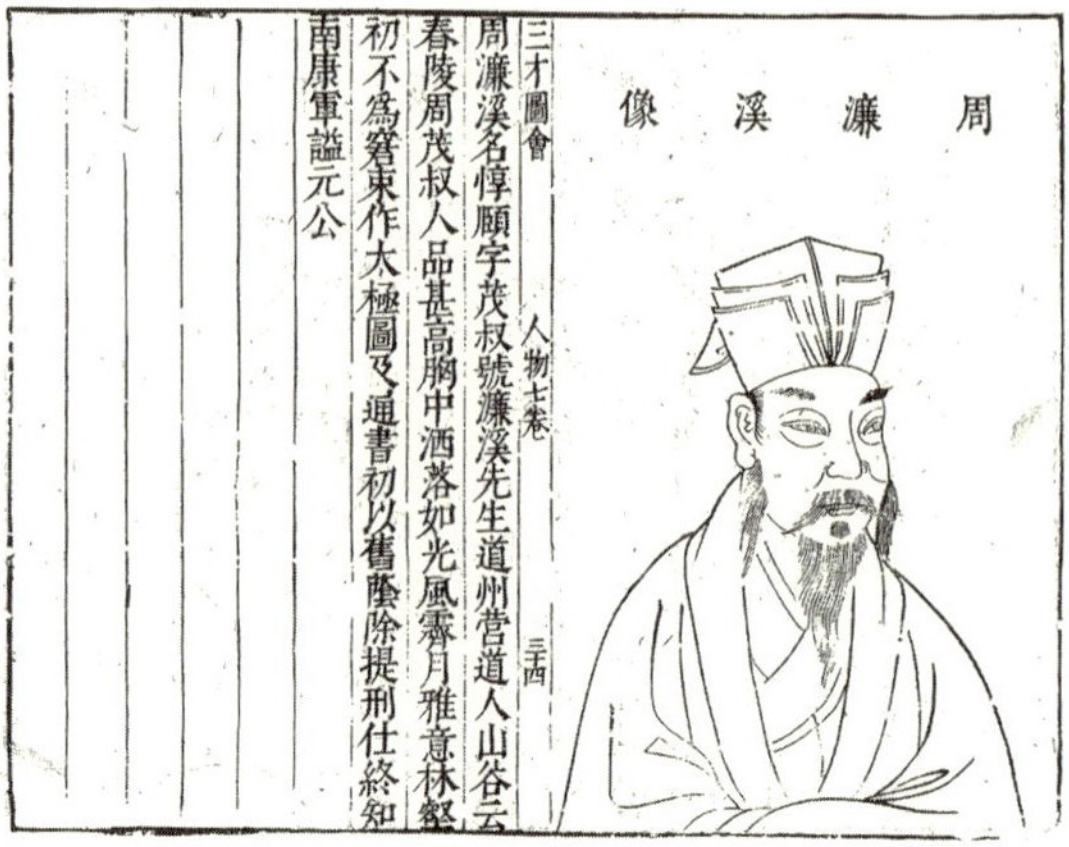

周濂溪像

三才圖會　人物七巻

周濂溪名惇頤字茂叔號濂溪先生道州营道人山谷云舂陵周茂叔人品甚高胸中洒落如光風霽月雅意林壑初不爲窘束作大極圖及通書初以舊除提刑仕終知南康軍謚元公

図 19　「周敦頤像」(『三才図会』)

蓮の葉は水をよくはじくため、そこに置かれた露もいっそう輝いて見える。

この歌からもわかるように、蓮の花はやはり仏教的な色彩を帯びた季節の景物だと言える。それは、この花が極楽に咲くものだからに他ならない。それで浄土庭園の池にもあったわけだ。

また、中国では、唐の時代以前は、蓮に女性らしさを見出し、艶情とともに詠まれるものだった。さらに、南方の民間歌謡では、蓮の根や実を採取する際に歌われる、労働のための歌もあった。両者が結び付いてできたのが、蓮の花を摘む美しい女性を主題とした楽府「採蓮曲」である。その典型である李白の「採蓮曲」(『古文真宝前集』)は、「若耶渓のほとりで蓮の花を摘む女たちが、笑いながら、花の向こうにいる人と語り合っている」と始まる。女性の艶情と蓮の花を摘む労働がこのようにして重なり合うのである。

それに対して、宋の時代になると、思想家として知られる周敦頤(茂叔。一〇一七―七三)が蓮を「花の君子なるもの」と讃えて「愛蓮説」(『古文真宝後集』)を作った。菊や牡丹など愛すべき花は多い中で、蓮は泥の中から咲き出ても泥に染まらず、清らかなさざなみに洗われて咲いて妖しい色気は持たない、などと蓮のすぐれた点を数え上げ、むしろその清廉さを高く評価するのである。図19には、明の王圻が著した『三才図会』中の「周敦頤像」を引く。

そうしてみると、蓮についての文学的特質は宗教性が濃厚である一方、艶情や労働とも深く関わり、また清廉さをも醸し出すという、豊かな幅を有するものだったことがわかる。中国漢詩で蓮は夏の植物としてきわめて重要な存在であり、日本人にとっておおむね高雅なものとして受け止められていたと見てよいだろう。

図20 「八畳敷の蓮の葉」(『西鶴諸国ばなし』)

江戸時代の文学の中で蓮が登場する話で私が好きなのは、井原西鶴著『西鶴諸国ばなし』(貞享二年〈一六八五〉刊)巻三ノ六「八畳敷の蓮の葉吉野の奥山にありし事」である。インドで釈迦が説法したとされる霊鷲山にある池の蓮の葉は約三・六メートル四方の広さがあり、その上で昼寝をしている人がいる(図20)。大きくゆったりとした雰囲気が心地よい。

新地の成立——盛り場として

『江戸名所花暦』のところでも少し触れたが、江戸時代の中期と後期には、池の中に新地と呼ばれる土手が築かれている。この土手が池の周辺の風景を様変わりさせているので、述べておきたい。資料としては主に『下谷区史』に拠り、他の資料で補った。

江戸時代中期、一度目の時は、延享四年(一七四七)、池の端仲町(現在の台東区上野二丁目あたり)寄りから茅町(現在の台東区池之端一丁目あたり)にかけて、池の中に土手が造られた。だいたい池の南側に当たる地域である。そこには、料理茶屋や水茶屋——湯茶を出し、往来の人を休息させる店——、楊弓場、講釈場などが数多く建てられ、盛り場としてにぎわった。

寛延二年(一七四九)、中島から茅町にかけて橋が四つ折にして架けられ、水面に映じて八つに見えたため八つ橋と命名され、名物となった。寛延二年は、六十年に一度の弁財天の大祭が催される「己巳」に当たっており、参詣する信者たちが倍増するのを主催者側が見越して、交通の便を計るため、このようなことがなされたのであろう(花咲一男『江戸の出合茶屋』九〇頁)。すでに述べたように、巳の日が祭日なのは、弁財天の使わしめが蛇であることに拠る。

宝暦二年(一七五二)、茶屋が男女の逢い引きに利用され、風紀が乱れた、汚水が池に放流され、かつ土手によって水はけが悪くなり、池水が腐敗した(そのため、魚類も多く死んでしまった)、などの理由により、茶屋が取り払われ、土手や八つ橋も撤去させられてしまう。

二度目に土手ができたのは江戸時代後期、十九世紀に入ってからである。文政三年(一八二〇)、今度は三橋(現在、不忍通りと中央通りが交差するあたり)寄りの池水の落口から茅町まで築かれた。図8の尾張屋版の切絵図「東都下谷絵図」(二四頁)でも、池のところに土手が描かれているのを確認できる。

青山白峯著『明和誌』でも、

> 下谷不忍の池埋りつよく、文政に至浚ありて、廻りへ悪水落の堀をつける。池のかた土手をつき見切、中町より根津の方へ折廻し、土手の上へ水茶屋や・料理茶や出来、一けしきなり。

とあり、ここには再び茶屋ができたことがわかる。それだけ需要があったということなのであろう。これらは天保の改革において取り払いを命じられたが、土手そのものは明治時代まで残存したらしい。なお、「至浚」とは浚渫——水底をさらって深くすること——のことである。「悪水落の堀」とは汚水が池に入らないよう溝を作ったことを言う。三橋寄りの落口から流れ出ていった。「一けしき」は、すばらしい光景という意味である。

山田桂翁著『宝暦現来集』(天保二年〈一八三一〉成立)からも引用しよう。

> 文政七年、下谷忍蓮池の巡り土手を築けり。其後土手番屋と号し、料理茶屋 并 水茶屋出来て、

四月比より八月比迄は、涼の人出なれども、夜分は兼て往来〆切の所故、涼み茶屋有りても昼計なり。後には夜も涼みも有るやうなるべきや。一躰此土手の工みは、蓮池え悪水の入らぬ工風と見えける。

右によれば、四月から八月にかけて、涼を求めて多くの人々が訪れ、最初は昼だけだったのがやがて夜にも許されるようになったということである。そして、土手ができた理由は「蓮池え悪水の入らぬ工風」なのだ。

なお、土手が築かれた年について『下谷区史』は文政三年としているが、右の『宝暦現来集』は同七年、『江戸名所花暦』は同三、四年頃、『江戸名所図会』の編集に携わった斎藤月岑(幸雄の孫。江戸神田雉子町の草分け名主)の著『武江年表』(正編・嘉永三年〈一八五〇〉刊)は同三年としている。

出合茶屋——逢い引きの場所として

右に述べた男女の逢い引きに利用された茶屋は、出合茶屋と呼ばれる。図21に掲げた西村重長画『絵本江戸みやげ』(宝暦三年〈一七五三〉刊)によれば、中島にもあったらしい。

よく知られている川柳に、

1　出合茶屋しのぶが岡はもつともな　(誹風柳多留・五篇、明和七年〈一七七〇〉刊)

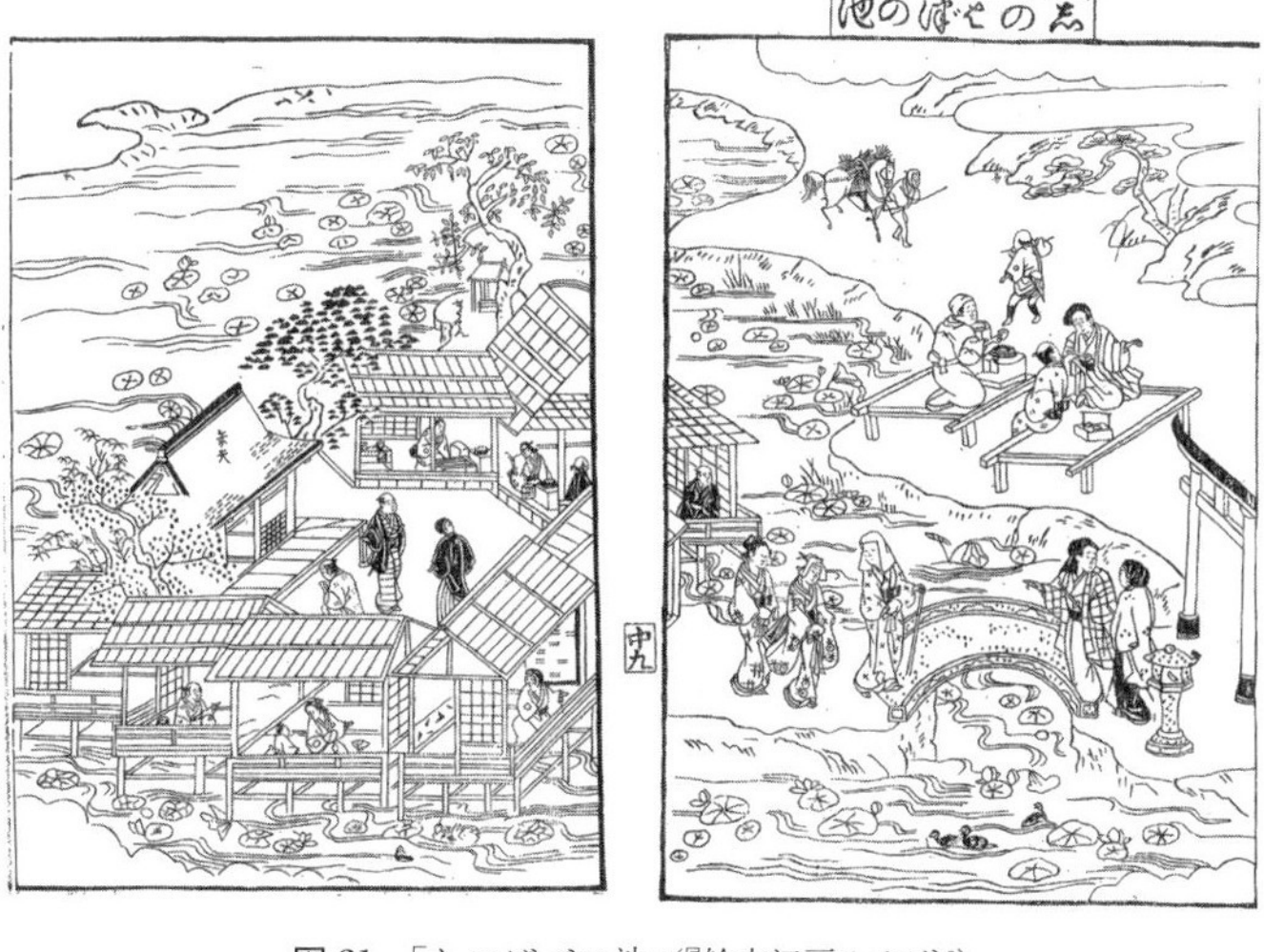

図 21 「しのばづの池」(『絵本江戸みやげ』)

図 22 『誹風末摘花』

がある。出合茶屋で男女が逢うのは忍ぶ恋なのだから、上野忍岡にそれがあるのは当然のことだと言うのである。男女が人目を避けて逢うことを意味する「忍ぶ」と、地名の「忍岡」が掛詞になっている。この句は、好色的な作品を集めた『誹風末摘花』初編〈安永五年〈一七七六〉刊〉にも収められており、そこには図22のような、蓮池の水際にある茶屋で男女が戯れる挿絵が掲載されている。

他にも、

2 出合茶屋あやうい首が二つ来る（誹風柳多留・六篇、明和八年〈一七七一〉刊）

3 蓮池をこいつと思ふ二人づれ（誹風柳多留・六篇）

4 蓮の茶屋今朝から半座あけて待（誹風柳多留・十二篇、安永六年〈一七七七〉刊）

5 あつけなくみぎわの茶屋を二人出る（誹風柳多留・十七篇、天明二年〈一七八二〉刊）

6 ひそひそと繁昌をする出合茶屋（誹風柳多留・二十六篇、寛政七〈一七九五〉、八年頃刊）

など、このことを詠んだ句は多い。2、二人の関係が露顕すれば姦通の罪に問われて、命を落とすことさえもありうる。3、こいつらは怪しい二人連れだと思われる男女が池のほとりにある茶屋に入った。4、「半座」とは、普通名詞としては一つの座席の半分という意味だろうが、それ以外に極楽の蓮華の座の半分をも言う。不忍池が蓮の名所であることにちなんで、二人は死後に極楽往生して同じ蓮華の花の上に生まれるということもきかせているわけだ。5、たまの逢瀬なので、もうこれで今回はおしまいかと思うと、物足りなく感じる。不忍池のほとりにあるので、「みぎわの茶屋」なのである。6、秘密の逢瀬なので、ひっそりと繁盛している。

前述した蓮飯と関連させつつ、出合茶屋で情事を行う二人を詠む句も挙げる。

7　一蓮托生（いちれんたくしょう）蓮飯の出逢い　（誹風柳多留・三十一篇、文化二年〈一八〇五〉刊）

8　蓮飯は五ツ月立って腹がはり　（誹風柳多留・五十七篇、文化八年刊）

9　弁天を連（つれ）て蓮飯喰（くひ）に行　（誹風柳多留・七十四篇、文政四年〈一八二一〉頃刊）

7、一蓮托生という仏教語をきかせつつ、逢い引きする二人が運命を共にしていることを詠む。8、妊娠したことを蓮飯を食べて腹が張ったのだと揶揄する。9、「弁天」は美女の比喩であろう。

ドイツの地質学者・地理学者フェルディナンド・フォン・リヒトホーフェン（一八三三―一九〇五）が日本に滞在していた時の日記（『リヒトホーフェン日本滞在記　ドイツ人地理学者の観た幕末明治』）の万（まん）延（えん）元年（一八六〇）九月二十六日条から、幕末における池畔の出合茶屋についての記述を引いておこう。

弁天という名の島のある大きな池のそばを通った。その島は橋で陸地と結ばれており、一つの寺と幾つかの茶屋がある。前者は恐らく弁天様を祭っている。後者の目的は、我々が島に立ち入らないようしている細心さから言い当てられると思う。恐らくここでも生殖の神が祭られており、そのような寺はいつも島にあるように見える。

『江戸名所図会』の世界

以上、述べてきたことを、江戸の地誌として最も代表的な、斎藤幸雄他著・長谷川雪旦画『江戸名所図会』(天保五・七年〈一八三四・三六〉刊)によって確認してみたい。ここでは、全文を引用する。

不忍池(また篠輪津に作る)東叡山の西の麓にあり。江州琵琶湖に比す(不忍とは忍の岡に対しての名なり)。広さ方十丁ばかり、池水深うして旱魃にも涸るることなし。ことに蓮多く、花の頃は紅白咲き乱れ、天女の宮居はさながら蓮の上に湧出するがごとく、その芬芳遠近の人の袂を襲ふ。

『風土記』曰、豊島郡篠輪津池、貢二鯉鮒鰻魚鴻雁鸛鶴鷺鴨等一。周行十里許程。旱日水不レ涸、霖雨不レ為レ害。祈二旱雨一人詣二于茲一。所レ祭瀬織津比咩也。云々。

中島弁財天　不忍池の中島にあり。当社は江州竹生島のうつしにして、本尊弁財天および脇士多聞・大黒の二天、ともに慈覚大師の作なり。

社伝に曰く、往古東叡山草創の時、慈眼大師この池を江州の琵琶湖になぞらへ、新たに中島を築き立てて、弁天の祠を建立せられしと云々(『江戸名所記』には、水谷伊勢守建立せらるるとあり)。

聖天宮(本社の北の方、小島に勧請す。この島はその始め弁天の祠ありし旧地なり。その頃もこの聖天の宮ありしにや、今も地主の神と称せり)。

紫銅華表　額「天龍山」細井広沢の筆。

昔は離れ島にして船にて往来せしを、寛文の末陸より道を築きて、参詣の人に便あらしむ。己巳の日は前夜より参詣群集す。

右からは、不忍池が篠輪津池とも称されていたこと、琵琶湖に見立てられたこと、不忍池の命名は上野忍岡という地名に拠ること、蓮が多く咲き、香があたりに漂うこと、中島は竹生島を模していること、寛文の末頃、中島まで道を造って、参詣の便がよいようにしたこと、己巳の日が縁日であること、など、これまで触れてきた重要な事柄が簡潔にまとまっている(料理茶屋が繁盛したことも、図24からわかる)。

なお、「天龍山」の額を書いた細井広沢(一六五八—一七三五)は、江戸時代中期の儒学者・書家である。

『江戸名所図会』の挿絵を二図掲げておこう。図23は、全体図。画面右上に「忍ばずの池　中島弁財天社」とある。画面左上に見えるのが寛永寺の根本中堂である。

図24は、右上に「不忍池蓮見」とある。余白にある文章は、

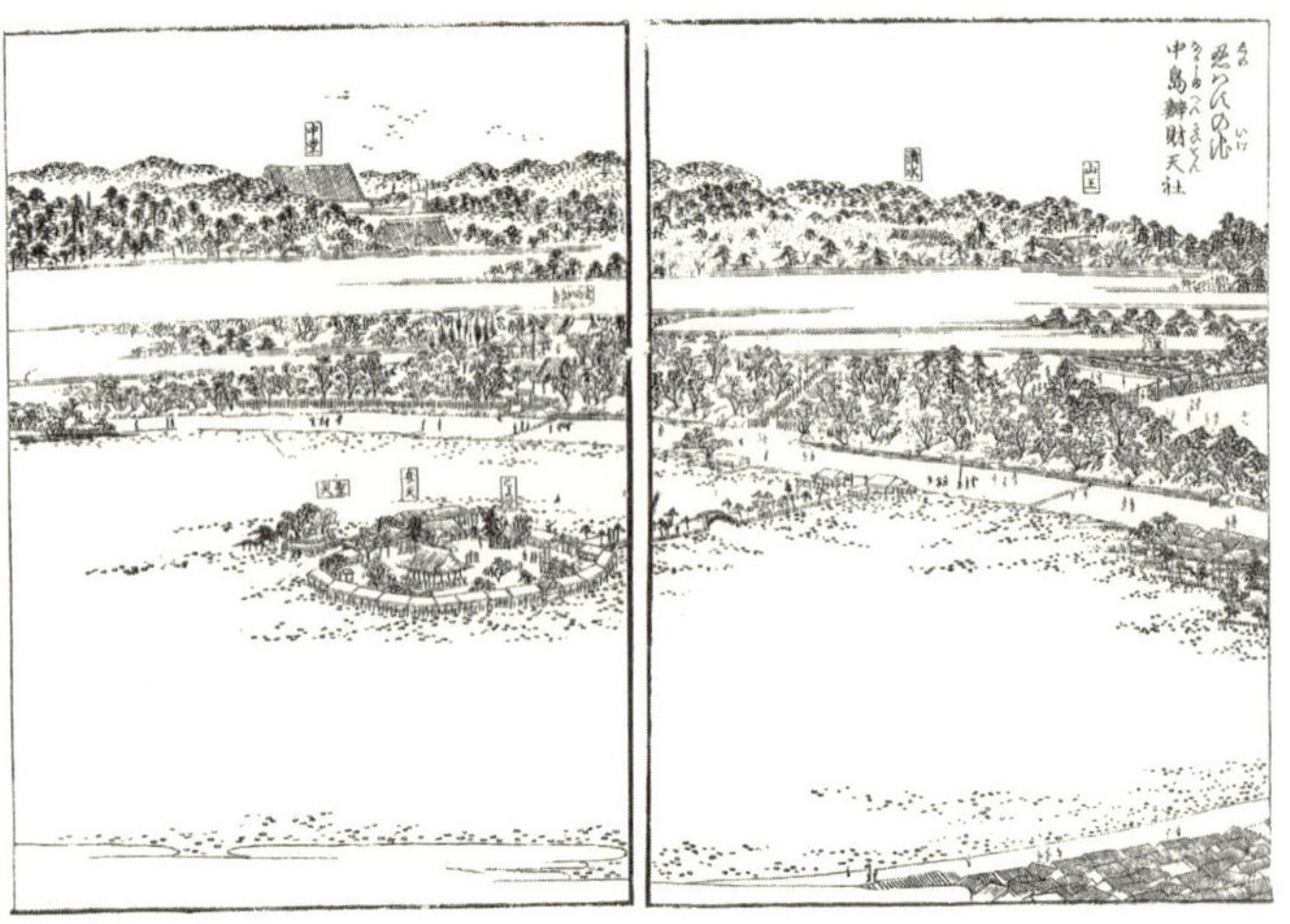

図 23 「忍ばずの池 中島弁財天社」(『江戸名所図会』)

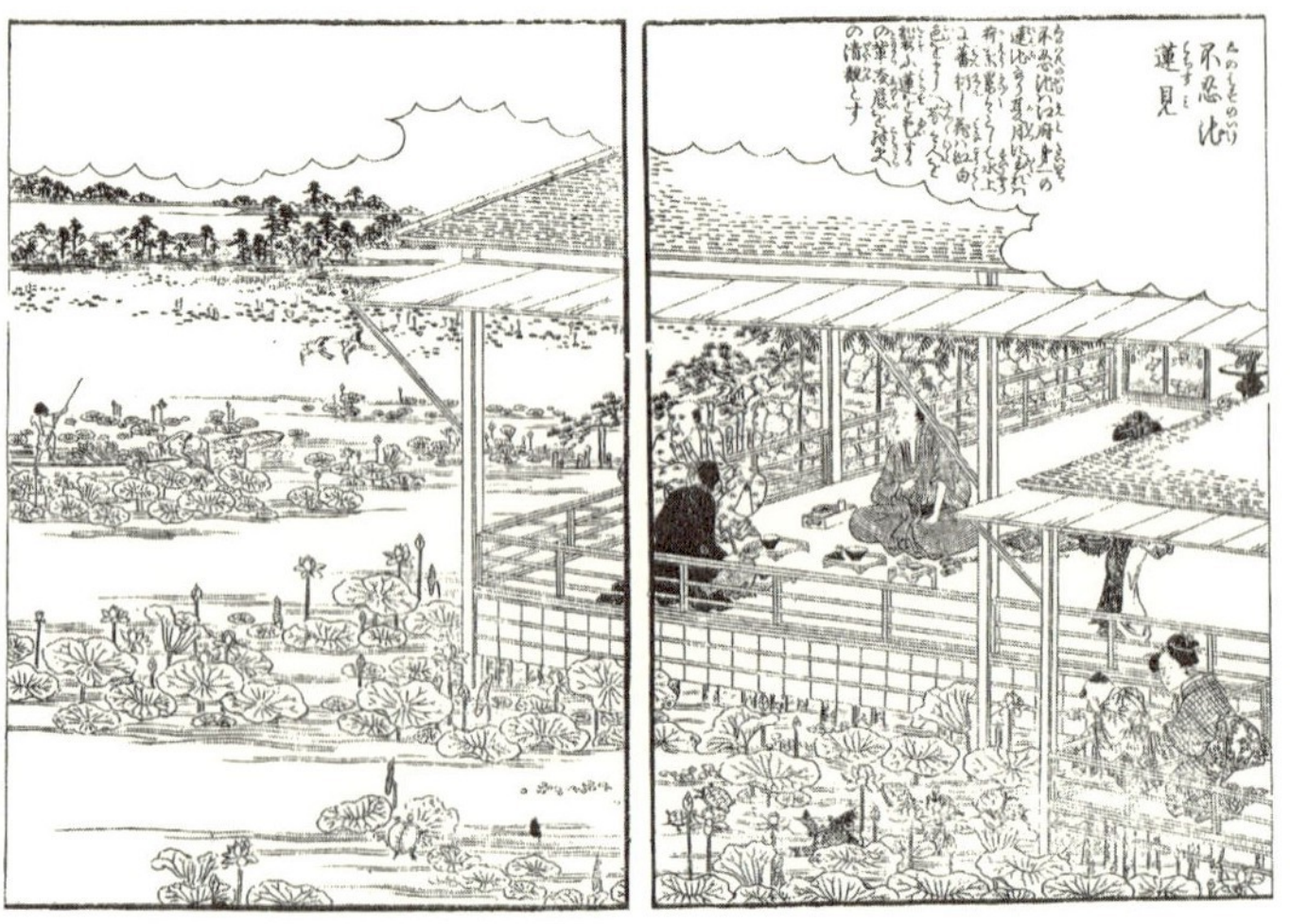

図 24 「不忍池蓮見」(『江戸名所図会』)

不忍池は江府第一の蓮池なり。夏月に至れば荷葉累々として水上に蕃衍し、花は紅白色をまじへ、芬々人を襲ふ。蓮を愛するの輩、凌晨を殊更の清観とす。

とある。「芬々」は香の漂うさま、「凌晨」は早朝を言う。私は、数ある不忍池の図の中でも、これが最も好きだ。料理を食べながら、ゆったりと蓮見をするさまが描かれていて、江戸時代の文化が持つ豊かさがよく伝わってくる。

切絵図の世界

尾張屋版切絵図「小石川谷中本郷絵図」(安政四年〈一八五七〉刊)でも、池の位置を確認しておこう(図25)。「不忍池」と大きく書かれてある西側(図では上方)に「加賀中納言殿」とあるあたりが現在の東京大学――赤門は、前田家の屋敷の門だった――で、池の南側(図では左側)へと目を転じていくと、湯島天神、神田明神、湯島聖堂などが見えるが、この位置関係は今日でも変わりない。

おそらく江戸時代を通じて、つまり十七世紀から十九世紀にかけて徐々に、不忍池と言えば蓮見という通念が明確になっていき、蓮を観賞する娯楽的な雰囲気が生まれてきた。さらに名物蓮飯や料理茶屋などによって娯楽性が助長されていったのである。

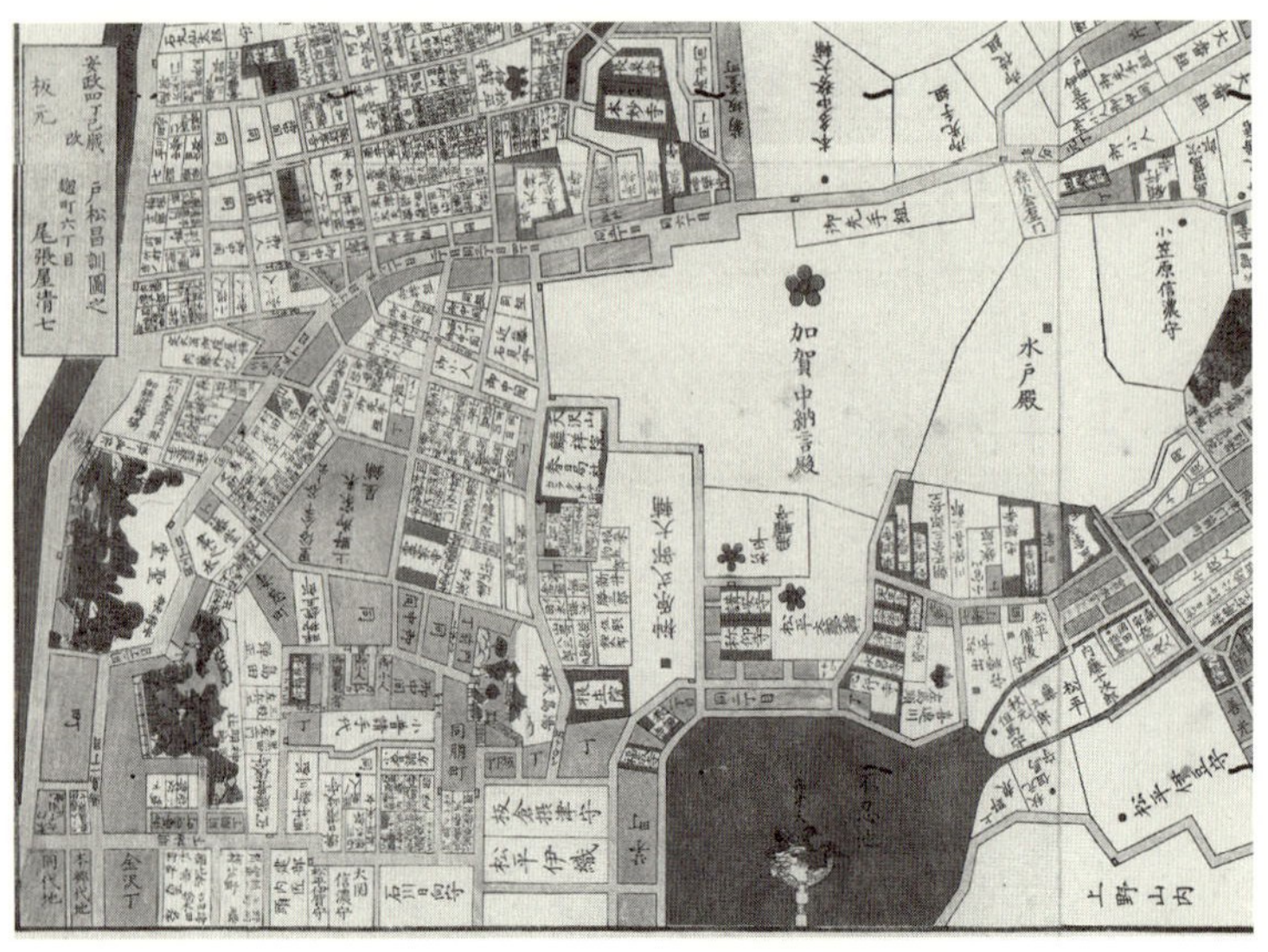

図 25 「小石川谷中本郷絵図」

江戸時代初期には寛永寺という徳川家ゆかりの寺院の付属物として権威的な存在であったのが、中後期に至って料理茶屋が繁盛し、蓮飯も登場したことによって大衆性を帯びてきたということでもある。

江戸という都市が成熟していくのが江戸時代の中頃、十八世紀の半ばから後半にかけてであり、「江戸っ子」という意識もこの頃成立する。そういった事柄と連動して、不忍池の大衆化も促進されていったと考えてよいであろう。

ただ、大衆化していく際にも、徳川家という社会的権威、寛永寺という宗教的権威、蓮という高雅な趣が失われることはなく、高級感と庶民性が共存するところに、不忍池をめぐる文化の奥行きの深さが看取される。池はやはり文化的なのだ。

図 **26**　「上野清水堂 不忍の池」
(『名所江戸百景』)

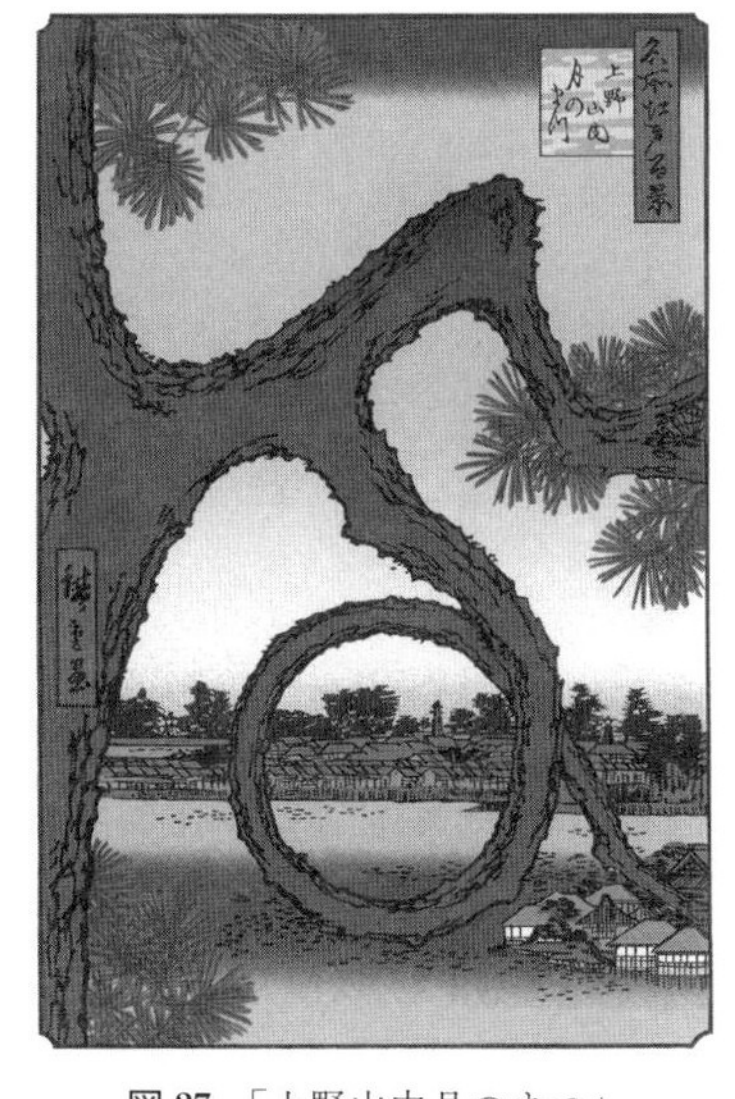

図 **27**　「上野山内月のまつ」
(『名所江戸百景』)

2　図像の中の不忍池
——浮世絵と草双紙の世界

『名所江戸百景』

安政三—五年(一八五六—五八)に刊行された歌川広重(うたがわひろしげ)(一七九七—一八五八)の『名所江戸百景』は、広重最晩年の作品で、完成度は高い。そこでは、図26・27・28のように、不忍池が幾度も描かれており、この池の重要度がうかがえる。

図26は、桜が咲き誇る清水観音堂から不忍池を臨む。この清水観音堂も、京都の構図を江戸に移入する計画の一環だった。舞台造りで、桜が植えられている点も京都と同様である。周辺では今日でも、女流俳人秋色(しゅうしき)(一六六九—一七二五)の詠

んだ句とされる「井戸ばたの桜あぶなし酒の酔」(『江戸砂子』)にちなむ秋色桜を観賞することができる。芭蕉の「花の雲鐘は上野か浅草か」(『続虚栗』)に詠まれる鐘撞き堂もこの近くにあった。画面左下、中島へ続いていく道には料理茶屋が並んでいるのが見える。

図27は、清水観音堂の舞台から、画面に大写しになっている名物月の松を通して不忍池を見下ろす。『名所江戸百景』では、他にも亀や馬の足など、ある事物を大写しにする大胆な構図がいくつか見られる。不忍池では中島や池の周辺に料理茶屋が密集しているのがわかる。なお、月の松は明治初年には朽ちてしまったらしい(『今昔対照江戸百景』〈風俗絵巻図書刊行会、大正八年刊〉)が、平成二十四年に再現された。

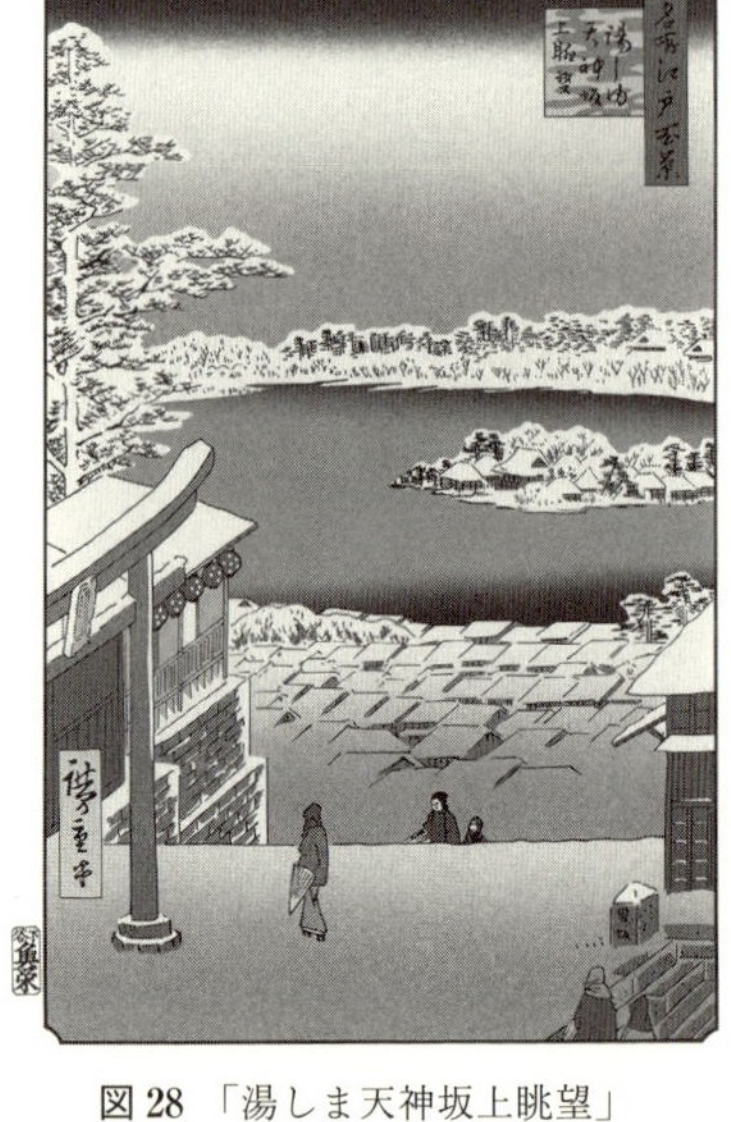

図28 「湯しま天神坂上眺望」(『名所江戸百景』)

図28は、雪景色である。学問の神様湯島天神からの眺望はきわめてよく、また雪見の名所でもあった。ここでは雪に埋もれた不忍池周辺を見下ろす。蓮の名所として夏の光景が取り上げられがちだが、『絵本江戸土産』にも指摘されていたように、雪の光景もなかなか趣がある。湯島天神には、参道以外に急な男坂とゆるやかな女坂の二つの石段があった。画面中央で人が登って来るのが女坂

で、画面右下には「男坂」の文字が見える。

なお、不忍池は浮世絵においても重要な画題である。今橋理子『秋田蘭画の近代　小田野直武「不忍池図」を読む』は、それらを総合的に分析し、かつ不忍池の文化的特性なども踏まえつつ、小田野直武画「不忍池図」の独自性を、閨怨という主意、西湖への憧憬、円窓の暗喩といった観点によって指摘している。

絵本文芸の世界から

戯作者・狂歌作者として活躍した大田南畝（一七四九―一八二三）作・勝川春潮画の黄表紙『返々目出鯛春参』（天明四年〈一七八四〉刊）は、大黒屋九郎兵衛が仲間とともに七福神参りをする中で、不忍池の弁財天にも詣でるという内容で、図29では中島へ通じる道を人々が渡っていく場面が描かれる。

そこで詠まれる狂歌は、次のようなものである。

弁天のちかひも深き池の端ににごりにしまの蓮の白露

「ちかひも深き」と「深き池」、「にごりにしま」と「島の蓮」が掛詞になっている。前節で引用した『古今集』の「蓮葉のにごりに染まぬ心もてなにかは露を玉とあざむく」という遍昭の歌を踏まえているわけだ。歌意は、こんな感じだろうか。弁財天が衆生を救おうと誓願なさる心が深いよ

図 29 『返々目出鯛春参』

うに、深い池の端には、泥水の中に生えてもその濁りに染まらないと『古今集』で遍昭が詠んだ、清らかな蓮の葉が島の周辺に生い茂り、その上に置かれた美しい白露が光り輝いていることだ。掛詞を見てみると、「ちかひも深き」が弁財天の尊さを表し、「にごりにしま」が前述したように『法華経』を踏まえているというように、仏教的なありかたを示しているのに対して、「深き池」「島の蓮」の方は自然物としての池や蓮のありかたを示している。掛詞はたんに同音異義語を連ねているわけではなく、そのように二つの世界——この場合は、仏教的世界と自然の光景——を重ね合わせているのである。

南畝と不忍池の関わりについて、もう少し触れておこう。享和三年(一八〇三)の南

畝の日記『細推物理』六月五日条にも、

> 不忍池のはた、蓬萊楼にて蓮飯くはんとて、馬蘭亭をとふ。(中略)蓬萊楼にいたれるに、池の面蓮の花さかりにして、ちり過たるもみゆ。

とあり、名物の蓮や蓮飯のことが記されている。「蓬萊楼」は不忍池畔にある茶屋の名である。さらに時を経て、幸田露伴の『五重塔』にも不忍池畔の「蓬萊屋」が登場する。「馬蘭亭」は狂歌作者の山道高彦である。小石川牛天神下に住む田安家家臣山口彦三郎であり、幕臣の南畝とはこの頃非常に親しかった。南畝の狂歌集『をみなへし』には、「馬蘭亭、池の端にて池の坊流の花の会ありけるに鴨と芹を贈る」という詞書を有する一首も載せられている(石川了『江戸狂歌壇史の研究』)。

もう少し時代は下って、十返舎一九(一七六五―一八三一)作・喜多川月麿画の道中記『金草鞋』初編(文化十年〈一八一三〉刊)は江戸市中を扱っているのだが、そこでも「不忍弁天」として不忍池が取り上げられている(図30)。

さて、この図に掲げられている狂歌は二首あり、一首は、

> 此の境内を悉く廻り、広前の絵馬に蛇のぬたくりゐたる絵を見つけて、

おつかない弁天様が蛇ならばうら帰るべいひよこり〳〵と

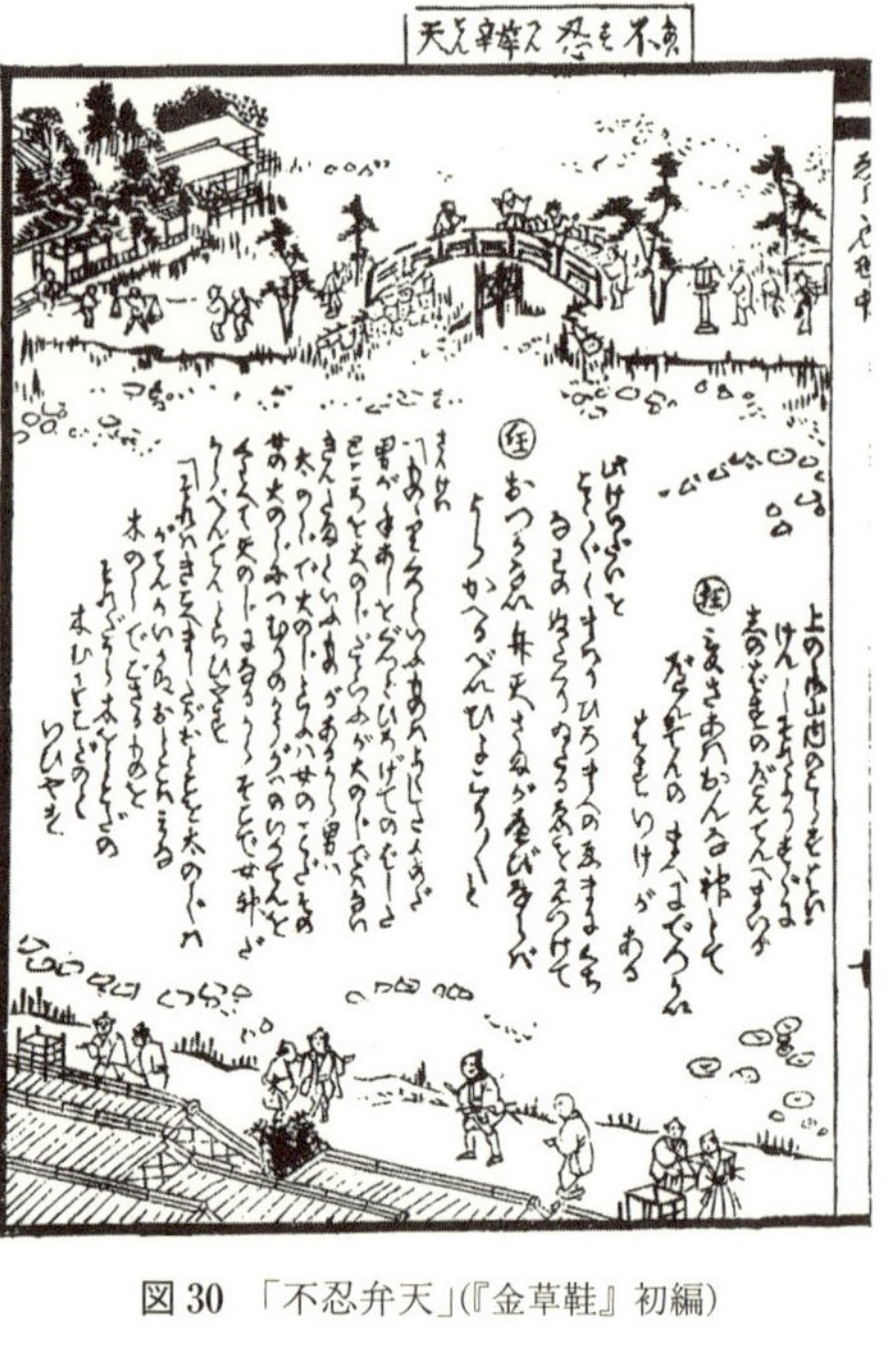

図 30　「不忍弁天」(『金草鞋』初編)

というものである。「うら」はおら、「ひよこり」は蛙の動作の形容である。弁財天の使わしめである蛇が体をくねらせて這っているところが描かれる絵馬を弁天社境内に見出して、蛇を天敵とする蛙の動作を真似ておどけてみせた。このように、絵に対して詠まれた詩歌を画賛と言う。

爰(ここ)さあは女神(おんな)とて弁天の前にでつかい蓮池がある

という一首も載る。蓮を詠むところは常套的だが、この「池」は女陰を意味しているのであろうから、卑猥な笑いと言えるだろう。弁財天は七福神の中で唯一の女神であるため、性的なものと関わる場合がある。次項で取り上げる笑話もその一例である。

笑話——すっぽんが弁財天に恋焦がれる

明和九年(一七七二)二月二十九日には江戸に大火事があった。実際には不忍池は類焼を免れたらしい(『武江年表』には同年三月五日から開帳が行われたとある)が、翌年に刊行された『坐笑産』には、次のような笑話が掲載されている。

しのばづの社内より燃へあがり、弁天、火の粉をおそれ給ひ、前の池へ飛びこみ給へば、甲の上へあがらせ給ふ。此甲、日頃弁天を見そめし折から、能き時節と思ひ、いづくともなく走り行く。弁天こりや、我身を連れて行くその方は、なにものぞ　おまへをつれてすつぽん

火の粉は不忍池の弁天社内にまで及び、弁財天が恐れて池に飛び込んだところ、そこはすっぽんの甲羅の上だった。このすっぽんは日頃から弁財天に惚れていたので、これはよい機会だと思って、どこへという当てもなく走り去ろうとする。弁財天がお前は誰だと尋ねると、「お前を連れて出奔」とすっぽんが答えたという落ちである。逐電するという意味の「出奔」と亀の「すっぽん」を掛けたしゃれなのである。

すっぽんが弁財天を性的な欲望の対象と見ている点に注目したい。すっぽんはその外形が亀頭を想起させるところから、そもそも性的な要素が認められる。そして、くり返すが、弁財天は七福神でただ一人の女神なのだ。こういったことが起因して、右のような笑話が成立したのであろう。不

忍池が庶民の憩いの場になっていく過程で通俗化していく事例の一つと言えるだろう。

3　江戸詩歌と不忍池――風雅と世俗の交響

俳諧

詩歌作品では、不忍池はどのように描かれていたのだろうか。伝統的な雅文芸、漢詩と和歌については後でじっくり味わうことにして、まずは俳諧の発句を五句挙げてみたい。

しのばずにて

1 池ぞ鏡神も女の若梢　久巨（誹諧東日記、延宝九年〈一六八一〉成立）

しのばずの池亭

2 寝てかとへ蓮にさそふあさぼらけ　其角（類柑子、宝永四年〈一七〇七〉刊）

3 金龍の躍るを潜りさくら哉　尾谷（いぬ桜、享保三年〈一七一八〉刊）

不忍池にて

4 蓮の香やことに三日の朝ぼらけ　存義（古来庵発句集・前編、明和二年〈一七六五〉刊）

しのぶが池に亀どもの菓子ねだる有様を見るに、此苦娑婆に万年の逗留も退屈ならん

5 永の日を喰やくわずや池の亀　一茶（八番日記、文政三年〈一八二〇〉）

1、池を鏡に喩えるのは和歌以来の伝統的な手法である。「神も女」は、弁財天だからである。2、ほのぼのと明るくなる明け方の蓮見のためには、寝てなどいられない。3、寛永寺鐘楼の高欄にある龍の彫像は左甚五郎作で、夜ごとに不忍池へ泳ぎに行くという巷説があった(『江戸砂子』)。4、ここでも、蓮の香を味わうには、明け方がよいとする。5、万年の寿齢を持つ亀も俗世に倦んでいるのか、春の日永のよさを満喫できずにいる。

川柳・狂歌・狂詩

川柳・狂歌・狂詩といった俗の範疇に属する詩歌についても少しずつ取り上げてみたい。川柳では、すでに出合茶屋や蓮飯の用例は掲出したので、ここではそれ以外のものを三句挙げておこう。

1 水無月の池に宝珠を盛上る　(誹風柳多留・九篇、安永三年〈一七七四〉刊)

2 白鳥はさびしい池をにぎはせる　(誹風柳多留・十九篇、天明四年〈一七八四〉刊)

3 蓮の花ちらすあづまの比叡おろし　(誹風柳多留・四十四篇、文化五年〈一八〇八〉刊)

1、蓮の実を如意宝珠に見立てたもの。如意宝珠は、あらゆる願いをかなえてくれる不思議な玉で、これも仏教語である。蓮華が極楽浄土に咲くことからの連想なのだ。2、冬には白鳥が飛来する。「白鳥がないてさびれる根津の里」(『誹風柳多留』四篇、明和六年〈一七六九〉刊)という句もある。白鳥が飛来する季節には職人の仕事が減るため、根津の岡場所――私娼街――はさびれるのである。3、「比叡おろし」は、比叡山から吹き下ろす風で、不忍池は琵琶湖を模しているので、「あづまの比叡おろし」が吹く。

狂歌では、四方赤良(大田南畝)に、

垣ごしにむかふが岡のけしきをもわが物がほとしのばずの池

しのばずの池のほとりなる山田景富のやどりをとひ侍りしに風景いはんかたなければ

(徳和歌後万載集、天明五年〈一七八五〉刊)

という一首がある。景富は知り合いの武士らしい。不忍池畔の住まいを訪れたところ、あまりにすばらしい風景であったので詠んだ、と詞書にある。「垣ごしにむかふ」と「むかふが岡」、「わが物がほとし」と「しのばずの池」が掛詞である。いずれも前者が人間のありかた、後者が自然の光景となる。垣根越しに対することのできる向岡の景色をも、自分のものだと言わんばかりにして、不忍池の畔にあなたはお住まいなのですね、実にうらやましいことですと、相手の住居を称賛しているわけだ。

向岡は本郷側の台地で、不忍池を隔てて上野側の台地（「忍岡」）と向かい合う。『江戸砂子』には「池をへだてゝむかふに見ゆるゆへに名とす」とある。図25だと「榊原式部大輔」とあるあたりである。

狂詩も一首挙げておこう。

無極庵蕎麦

池砌楼高無極庵　池の砌に　楼高し　無極庵

近来出店在于南　近来　出店　南に在り

太平一碗新蕎麦　太平　一碗の新蕎麦

開蓋自然香気含　蓋を開けば　自然に香気含む

（江戸名物詩、天保七年〈一八三六〉刊）

不忍池畔にあった有名な蕎麦屋無極庵について詠んだものである。無極庵は、『江戸買物独案内』（文政七年〈一八二四〉成立）にも「上野仁王門前町、無極庵、東叡山御用、御膳生蕎麦、河内屋瀬平」とある。寛永寺御用達の蕎麦屋なのだ。詩では、池の南側に店の建物が高々と聳え、大きく平たい椀に盛った新蕎麦の蓋を開くとそこからよい香りが感じられる、と詠む。ちなみに、川柳には「中直り無極を借りて手打ちなり」（『誹風柳多留』百二十篇、天保三年刊）がある。手打ち蕎麦と仲直りするという意味の手打ちを掛けているのである。

漢詩――西湖に見立てる

漢詩人たちが不忍池を詠む際には、一定の美意識が存在していた。それは、中国の有名な西湖に見立てて「小西湖」として詠む、ということである(金文京「西湖と不忍池」)。漢詩という文芸は、そもそもの成り立ちからして中国文学を規範としており、日本の地名を取り上げる場合にも中国のそれになぞらえるという行為は、ごく自然なことであった。

西湖は、現在の浙江省杭州市にあり、景勝地としてよく知られている(図31)。中国の有名な漢詩人たちも詠んでおり、白居易の「湖上　春来　画図に似たり／乱峰囲繞して　水平らかに鋪く／松は山面に排す　千重の翠／月は波心に点ず　一顆の珠」(「春、湖上に題す」)や蘇軾の「水光瀲灔として　晴れて方に好き／山色空濛として　雨も亦た奇なり／西湖を把つて西子に比せんと欲すれば／淡粧　濃抹　総て相ひ宜し」(「湖上に飲す、初めは晴れ、後に雨ふる」)などの表現が有名である。金氏が指摘しているように、西湖と不忍池には共通点が多い。西湖は、太古は海であったのが銭塘江が運び入れる土砂によって

図31　西湖

形成されたものであり、不忍池ももとは入海であった。西湖十景は瀟湘八景に拠っており、また不忍池が規範とした琵琶湖の近江八景も瀟湘八景に拠っていた。

「小西湖」ということばが出てくる代表的な例としては、江戸時代後期の詩人として屈指の存在である備後の菅茶山(一七四八―一八二七)が詠んだ「都梁、余を蓮池に觴す」と題する七言絶句がある。

庭梅未落正辞家
半歳東都天一涯
此日秋風故人酒
小西湖上看荷花

庭梅　未だ落ちずして　正に家を辞す
半歳　東都　天の一涯
此の日　秋風　故人の酒
小西湖上　荷花を看る

(黄葉夕陽村舎詩・前篇、文化九年〈一八一二〉刊)

この時、茶山は江戸に滞在中で、伊沢蘭軒(「都梁」はその別号)に招かれて不忍池の料亭にあった。蘭軒は、森鷗外の史伝でも知られる儒学者・医師である。詩意は、庭に咲いた梅の花がまだ散らずにいる頃、ちょうど家を去り、半年にわたって江戸に滞在して、天の一方に身を置いているのである。秋風が吹いた今日、古いなじみの友人と酒を酌み交わしている。小西湖と言うべき不忍池のほとりで蓮の花を眺めていることだ。漢詩でも不忍池にとって蓮は重要な景物なのである。

「天の一涯」は、『文選』に載る「古詩十九首」其一の「相去ること万余里、各天の一涯に在り

(隔たること一万余里、お互い天の一方の果てに身を置き、離れ離れである)」を踏まえる。

また、幕末の詩人の中でも評価の高い梁川星巌(一七八九―一八五八)は玉池吟社という漢詩結社を神田お玉が池に開いており、不忍池畔にも一時期住んでいた。詩集『星巌閏集』(天保十二年〈一八四一〉刊)には、「不忍池寓園雑吟三十五首」という連作が載り、その一首目には、星巌が不忍池畔に移住したことが取り上げられている。

千頃波平碧玦環
東台青聳樹如山
為移生計暫相寄
便是梁家銷署湾

千頃　波平らかなり　碧玦環
東台　青く聳えて　樹　山の如し
為に生計を移して暫く相寄る
便ち是れ　梁家の銷署湾

詩意は、十万畝もの広い池は、波も穏やかで青い玉の輪に似ている。上野忍岡の樹木は青々と聳え、まるで山のようである。そのため、生活を移して、しばらくの間ここで暮らすことにした。これはすなわち梁川家にとって避暑のための別荘なのである。「銷署湾」は、中国の呉王が避暑した場所である。ここも中国の地名になぞらえて日本の地の価値を高めている。

他の一首では、これまでもしばしば取り上げられていた、朝早く観賞することがすばらしい点を扱う。

香霧濛濛水気清　　香霧（こうむ）　濛濛（もうもう）　水気清し
逗簾残月影朧明　　簾に逗（とどま）る残月　影朧明（かげろうめい）
毎朝支枕費幽聴　　毎朝　枕を支へて　幽聴を費（つひや）す
髣髴錦苞初発声　　髣髴（ほうふつ）たり　錦苞（きんぽう）　初めて発する声

詩意は、よい香りのする霧によってあたりがけぶっており、水煙が清らかに立ち込めている。夜明けの空に残っている月の光が簾にとどまっておぼろに明るい。毎朝、枕を支えて、かすかに聴こえてくる音を捉えようとする。すると、ほのかに美しいつぼみが初めて開く音が聴こえてくる。実際にはそんなことはないのだが、蓮の花が開く時には音がするという俗説があった。それをなんとかして聴こうとする風流な行為なのである。

南方熊楠（みなかたくまぐす）「蓮の花開く音を聴くこと」〈初出、一九三五年。『南方熊楠全集』第五巻〉では、蓮の開花の音を聴くと開運まちがいなし、死後も成仏できるという弘前での言い伝えが紹介された上で、その出典考証がなされている。結局、はっきりとはわからないということのようだ。

さらに、西湖に見立てることも行われた。

対山臨水只吟詩　　山に対し　水に臨んで　只だ詩を吟ず

一事何曾繫我思　　一事　何ぞ曾て我が思ひを繫がん

此境白蘇仍未到　　此の境　白蘇　仍ほ未だ到らず

風流和靖有余師　　風流の和靖　余師有り

詩意は、上野台地や本郷台地に対して、また池の水面に臨んで、私はただ詩ばかり作っている。詩作以外、かつて私の心にかかるものはなかった。この境地には、西湖を詠んで有名な白居易や蘇軾でさえ到ることはなかった。風流な林和靖は西湖にある島孤山に住んでいた隠者だけあって、私の師として学ぶべきところがある。西湖に関わりのある中国の詩人たちを引き合いに出して、不忍池を西湖に見立てているわけだ。

林和靖(九六七—一〇二八)は北宋の隠逸詩人で、仕官もせず妻も持たず、梅を妻とし鶴を子とした。星巌には「不忍池十詠、池無絃と同じく賦す」(『星巌戊集』、安政三年〈一八五六〉刊)という連作もあり、その中の「霽雪」と題する五言絶句には「天公玉粉を調し、装飾す小西湖」という表現もある。この時代の詩人たちは中国へ旅することなど到底かなわない。だから白居易や蘇軾らが称揚した、まだ見ぬ西湖の面影を不忍池に見出すことで、実際に西湖を眺めることへの代償行為としたのだろう。そのような営みを通して、わずかながら現実の憂さから逃避し、異国への夢を紡ごうとしたのである。

もう一首、不忍池についての漢詩作品を読んでみたい。摂津の藤井竹外(一八〇七—六六)が江戸に滞在している折に、知り合いの詩人である宮崎青谷(字、士達)との別れを惜しんで、不忍池畔にある清容亭という料亭で宴を催した際に詠んだ詩である。

不忍池の旗亭に士達を調す

好箇池塘好酒家　好箇の池塘　好酒の家
怪君停盞数長嗟　怪しむ　君が盞を停めて　数長嗟するを
芙蓉照水皆初発　芙蓉　水を照らして皆初めて発く
独欠双頭一本花　独り欠く　双頭一本の花

(竹外二十八字詩、安政五年〈一八五八〉刊)

詩意は、ちょうどよい池の堤に、うまい酒を飲ませる店がある。君が盃を挙げることを止めて、しばしば長い溜息をつくのをいぶかしむ。おそらくは、蓮の花が水面を照らしてすべて開き初めたのに、双頭の花だけが欠けているのが残念なのであろう。

ここで取り上げられた花はいずれも女性の比喩で、「芙蓉」すなわち蓮の花は、宴に侍った多くの芸者たちを指し、「双頭一本の花」は清楽の名手で美人の姉妹を指している。

池の畔にあって趣深く酒のうまい店で、芸者たちに囲まれているにもかかわらず、お気に入りの美人姉妹がその場にいないのが宮崎青谷にとっては残念でたまらない、そのことを竹外は軽くからかっているわけだ。

漢詩作品は、ここで挙げたものだと茶山や竹外らは料亭での一齣を扱い、星巌のは池畔に漂う風情を扱っている。漢詩は雅びと言っても、それなりに幅は広い。

漢詩に関連して、もう一点付言しておく。不忍池畔では、毎年六月二十四日に詩人らが集まって、蓮の花を観賞し、詩を詠じる、観蓮節という行事が行われていた。大窪詩仏の『詩聖堂詩話』(寛政十一年〈一七九九〉刊)によれば、寛政四年に山本北山が行ったのが定着したのだという。明治四年(一八七一)には、成島柳北が大沼枕山や大槻磐渓らとともに参加している(『柳北詩鈔』)。

歌枕としての成立はいつか?

不忍池が和歌に詠まれるのはいつ頃からであろうか。

すでに取り上げた戸田茂睡編『鳥の跡』という歌集が元禄十五年(一七〇二)に刊行されており、そこには次のような、よみ人しらずの一首がある。

しのばずの池にて月を見て
月見つつ昔を誰かしのばずの池のぬなはの長きよすがら
(七三六番・読人不知)

「昔を誰かしのばず」と「しのばずの池」、「ぬなはの長き」と「長きよすがら」が掛詞となる。「ぬなは」は蓴菜のことで、『万葉集』ですでに詠まれている。『拾遺集』雑春に「としごとに春は来れども池水に生ふるぬなはは絶えずぞありける」(源順・一〇五八番)とあるように、水中に深く長く延びるのを特徴とした。そのためここでも「長き」と表わされているのである。図32に、『訓蒙図彙』に載る「ぬなは」を掲げる。

「しのばずの池」「ぬなはの長き」が自然の光景を、「昔を誰かしのばず」「長きよすがら」が人間の営みを表し、ここでも掛詞によって二つの世界が重ね合わされているわけだ。

歌意は、月を見ながら往時に思いを馳せない人などいるまい、不忍池のぬなわのように長い一夜をこの池のまわりで過ごしていることだ。

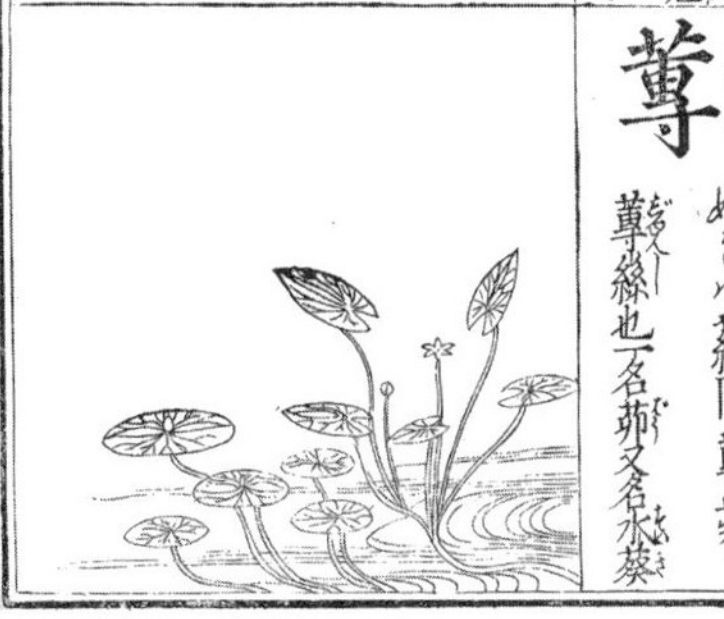

図32 「ぬなは」(『訓蒙図彙』)

ただし、江戸時代前半はまだ例は多くない。やはり後半になって、不忍池が大衆化していくにつれて、歌枕としての性格も整っていくように思われる。その様相を次項において確認していこう。

『江戸名所和歌集』——蓮の名所として涼しさを歌う

幕末の文久四年(一八六四)に刊行された蜂屋光世編『江戸名所和歌集』には不忍池を詠んだ歌が十首(三九六―四〇五番)載る。そこには、不忍池を詠む際の〈型〉が明確に現れている。それを一言でまとめれば、蓮という景物とそれに伴って生じる涼しさ

（多くの場合、風がもたらす）となるだろう。

不忍池

1 降りつもる雪のけしきのをかしきに花の時をもしのばずの池
小林歌城（おばやしうたぎ）

2 蓮葉（はちすば）のかをるむしろのすずしさに法（のり）の台（うてな）もしのばずの池
稲村三羽

3 秋風のおともさびしき夕ぐれに雁がね落つるしのばずのいけ
原祐政

4 はちす葉の露をみだして秋風にさざなみ寄する忍ばずの池
大津方簡

5 しのばずの池のうすらひうちとけて浪ものどかに霞む今日哉
竹内忠

6 蓮葉に露吹きみだる夕かぜにあつさ忘るるしのばずの池
池田昇丸母伴子

7 風ふけば上野の岡のさくらばな散りてぞ浮かぶしのばずのいけ
田中思敬

小倉きく子

8　たへかねて今は人目もしのばずの池よりふかき我が思ひかな

細井信子

9　しのばずの池の心にまかせてや水隠(みがく)れもせずかはづ鳴くなる

柘植宗敏

10　すずしさよ蓮のたち葉をふく風にさざなみ寄するしのばずの池

十首の歌々について、簡単に解説しておきたい。なお、歌人として有名なのは、村田春海門下の小林歌城(一七七八—一八六二)である。

1、「花の時をもしのばず」と「しのばずの池」が掛詞である。降り積もる雪の景色が趣深いので、桜の頃を偲んだりしない。桜より雪がまさっているという気持ちなのである。

2、「法の台もしのばず」と「しのばずの池」が掛詞である。蓮の葉から漂ってくる香りに包まれて筵に座っていると涼しさを感じ取ることができて、「法の台(蓮台。極楽にある蓮華の台座)」も偲ばずにいられる。極楽と比較して、不忍池で涼んでいる方がよいと歌う。「法の台」は、平安時代の『実材母集(さねきのはは)』八七四番に「ただひとつありける法の台にはふたつもみつもしく物やなき」との先例がある。平安和歌では、「けふよりは露の命も惜しからず蓮の上の玉と契れば」(拾遺集・哀傷・一三四〇番・藤原実方(さねかた))というように、蓮は極楽浄土に咲く花として詠まれることが多い。

3、秋風が寂しく吹く夕暮れ時に、雁が舞い降りてくる。

4、蓮の葉の上に置かれた露を秋風が吹き乱し、池には小波も立つ。「さざなみ寄する」は、「こほりゐし志賀の唐崎うちとけてさざなみ寄する春風ぞ吹く」(詞花集・春・一番・大江匡房)という平安和歌の例がある。「志賀の唐崎」は近江八景の一つなので、ここでも、京都の琵琶湖を規範として不忍池が詠まれている。

5、池の薄い氷が溶けて、霞がのどかに立ちこめ波にもうっすらとかかっているという初春の光景である。

6、蓮の葉の上に置かれた露を吹き乱す夕風によって、暑さも忘れられる。「あつさ忘るる」は、平安末期の歌僧西行に「水の音にあつさ忘るるまとゐかなこずゑの蟬の声もまぎれて」(山家集・二三一番)という用例がある。

7、風が吹くと上野の忍岡に咲いている桜花も散って、その花びらが池の水面に浮かんでいる。

8、「人目もしのばず」と「しのばずの池」が掛詞である。耐えることができなくて、今はもう人目も忍ばず、あなたに逢いに行こうとする、そんな私の恋心は池より深い。十首中、唯一の恋歌である。「池よりふかき」は、室町時代の三条西実隆に「聞かれずは甲斐もあらじな耳成の池よりふかき恨みなりとも」(雪玉集・二九二二番)という用例がある。

9、隠れて人目を避けるという「しのぶ」という行為をしなくてもよいという池の心に従ってか、蛙も水中に隠れたりせず鳴いている。

10、涼しいことだ、蓮の立葉——一本ずつ茎に立っている葉——に風が吹いて、池には小波も寄せて来る。

1—10のうち、2・4・6・10の四首が蓮を取り上げ、そのうち2・6・10の三首が「すずしさ」「あつさ忘るる」ということばを用いて涼しさを表現している。もっとも、

風吹けば蓮の浮き葉に玉越えて涼しくなりぬひぐらしの声　（金葉集・夏・一四五番・源俊頼）

というように、「蓮」「風」「涼しさ」が美意識として結び付くこと自体は、平安和歌から存在している。そのような伝統的な表現と不忍池という江戸の地名が結び付いたところに新しい美意識が生まれたということなのである。

以上、文学作品に即して不忍池の特質をまとめておこう。

和歌においては、やはり蓮が重要な景物であり、風によって涼しさを運ぶという風情が認められる。高雅な趣と言える。漢詩も同様に高雅で、そこには中国という権威が介在し、西湖に見立てられるという知的な技法が用いられた。

和歌や漢詩などの伝統性の強い文芸がある一方、卑俗な要素が強く日常的な事柄を扱う文芸もあったところが、江戸時代の特徴である。川柳では出合茶屋における男女の逢瀬といった性的な話題が語られる。笑話でも、弁財天がすっぽんの性的な欲望の対象となる。

ただし、伝統的な重みと卑俗なおかしみという対立軸だけが単純に存在していたわけではない。

「蓮華」という語を中心に展開される仏教的な味付けは、和歌にも川柳にも見出されるし、蓮の観賞が遊楽の目的となる点は、漢詩にも俳諧にも見出される。

伝統性、高雅さというような高級感と、日常性、卑俗さというような通俗さが豊かに共存するところに、これまでの池にはない幅の広さがある。そのように不忍池の特質をまとめておきたい。

第三章　戊辰戦争の激戦地

1　彰義隊の敗北――水面に降り注ぐ銃弾

大沼枕山が見た上野戦争

慶応四年(明治元年・一八六八)五月、上野の山は戦火に包まれてしまう。維新前後には、旗本や会津藩など旧幕府勢力が、薩長を中心とする新政府軍への反抗を行った。いわゆる戊辰(ぼしん)戦争だが、上野戦争もその一環である。

この時期の漢詩人として屈指の存在である大沼枕山(おおぬまちんざん)(一八一八―九一)は、不忍池の南東三枚橋に居を構えていた。立ち入り禁止となった上野の山を望み見て、次のように詠じている。

雨中の東台(とうだい)。感を書(しょ)す

三百鴻基殆鑠磨　三百の鴻基(こうき)　殆ど鑠磨(しゃくま)す

満山金碧亦如何　満山(まんざん)の金碧(きんぺき)　亦如何(またいかん)

疎疎空際灑花雨　　疎疎たり　空際　花に灑ぐ雨
不似感時愁涙多　　時に感じて愁涙の多きに似ず

（枕山先生遺稿）

詩意は、三百年も続いた将軍の治世の土台も溶けて無くなり、上野の山に満ちていた堂塔伽藍もどうなることだろうか。空から桜の花に向けて雨がまばらに降り注ぐ、その雨の量も時勢の推移に心を痛めて私が流す涙に比べれば、ほんの少しに過ぎない。すなわち、雨の量よりも私の涙の方がずっと多量である、ということである。

転・結句「疎疎たり　空際　花に灑ぐ雨／時に感じて愁涙の多きに似ず」は、杜甫の有名な「春望」という詩の一節「時に感じては花にも涙を濺ぎ」を踏まえていよう。杜甫は、玄宗皇帝のいた長安の都が安禄山の軍によって陥落したことへの感慨を詠み、枕山は、幕府が新政府に取って代られることへの感慨を詠む。両者は、権力を持っていた者が新しい勢力によって衰退させられ、その都も攻め落とされたことにしみじみ思いを致す、という点が共通する。一方、枕山は「雨」という要素を加え、花に降り注ぐ雨に比べて私の流す涙の方が量は多いとして、自らの悲しみを綴るところが独自である。枕山は自己の思いを表すに際して、同じようなありかたを示す中国古典を借りてくることによって、表現に厚みを加えたのである。この時、枕山は五十一歳、彼自身はそうではなかったが、父は幕臣だった。半世紀にもわたって支配してきた幕藩体制が瓦解したという事実に対して、心に深く感じることがあって当然であろう。実際、彼は終生髷を切らなかった。

なお、この年の十二月に詠まれた「除夜放歌」という詩(『枕山先生遺稿』)には、「五月　東山　兵火発る／銃丸　豆の如く屋蓬を打つ／門を出でて狼狽するも　走ぐること能はず」とあり、枕山の家にも流れ弾が飛んで来たようだ。

さて、寛永寺の建造物は、枕山が承句で「満山の金碧　亦如何」と危惧した通り、根本中堂・吉祥閣・本坊などほとんどが焼失した。そして、明治時代になって、上野の山は公園となり、博覧会が行われ、各種の文化施設が建造されることになる。政治的のみならず文化的にも、明治元年を境として〈死と再生〉がなされたのである。あまりに凄惨な戦いが繰り広げられたために、その記憶を消し去るべく、このように大きく生まれ変わることになったのであろう。それらについては後述することにして、ひとまず上野戦争のありようと、彰義隊の戦いが後年どう語られたかについて触れておきたい。

上野戦争のあらまし

まずは戊辰戦争全体を整理しておこう。慶応四年正月に京都で鳥羽・伏見の戦いがあり、旧幕府軍は大敗した。三月には西郷隆盛と勝海舟が会談し、四月には江戸城の無血開城が実現する。そして、五月に上野戦争が勃発し、彰義隊が壊滅する。その後、旧幕府軍は東北・北海道へと敗走し、五稜郭において新政権樹立を計ろうとした榎本武揚を中心とする旧幕府軍が降伏し、戊辰戦争は幕を閉じる。

では、上野戦争はどのようにして起こったのか。彰義隊のもととなる会合が初めて開かれたのは、同年の二月十二日だった。それから何度か会合を重ね、同月二十三日、浅草本願寺において隊名が彰義隊と定まり、渋沢成一郎(喜作)が頭取、天野八郎が副頭取に選ばれた。四月初め、徳川慶喜が謹慎していた寛永寺のある上野に移動し、慶喜を警固することを理由として、立て籠もったのである。

当時、江戸の庶民は新政府軍に対しては反感を、旧幕府軍に対しては同情心を抱いていたと伝えられる。

ただ、この頃、彰義隊内部には深刻な内部対立が起こっていた。渋沢はどちらかというと慎重な立場であったのに対して、天野は決戦を主張した結果、天野が隊士たちの支持を集めた。四月十一日に慶喜が水戸へ向かうと、渋沢も隊を離れることになり、振武軍を新たに組織したものの、五月下旬には飯能において新政府軍に敗れてしまう。もっとも、渋沢は明治四年には赦免され、実業家として成功した従弟の栄一の推薦によって、大蔵省の役人となることができた。その後、渋沢商店を開業し、横浜で生糸売り込み商となり、大正元年(一九一二)、七十五歳で没している。

さて、渋沢が去った後、新政府軍は彰義隊に解散を命じたが応じないため、軍防事務局判事大村益次郎の決断によって、上野の山を攻撃することになった。その正面に位置する黒門口は、官軍の中で最強と謳われた薩摩藩が担当することになった。彰義隊も天野ら精鋭がここで対した。そのため、黒門口で最も激しい戦いが繰り広げられることになる。谷中の方からは長州藩と大村藩が攻め込み、また本郷台地の側からは佐賀藩・尾張藩が砲撃を行った。

実際の戦争は五月十五日のみで決着する。午前中は両軍相譲らず、徐々に彰義隊が押され、夕刻には敗北が決定的となった。

明治四十三年に隆文館から刊行された山崎有信『彰義隊戦史』によって、状況が劇的に変化していく様相を確認してみたい。まずは、午前中の黒門口における激戦についてである。

> 黒門口は東叡山に於ける本門にして、尤も大切の場所なり。依て彰義隊の本隊及び万字隊にて防ぎ戦ふ。酒井宰輔等之を指揮し、勇闘奮戦し、砲烟弾雨頗る激烈を極む。(中略)山上山下より互に打出だす鉄砲は天地も為めに崩るゝかと計り疑はれ、砲烟四方に漲り咫尺を弁ずる能はず。官軍頗る困難を極む。

砲弾が雨霰と降る状況の中で、彰義隊が奮闘している様相がうかがえる。しかし、情勢は時間を追うにつれて彰義隊に不利になり、

> 黒門口破れ、酒井宰輔は戦死し、近藤武雄は脇腹を撃たれ、新井鐐太郎の肩に扶けられ来る。大谷内龍五郎は両腕を撃ち貫かれ来る。跡よりは敵軍潮の湧くが如く迫り、事甚だ急なり。

図 33 「春永本能寺合戦」

図 34 「森蘭丸」(『魁題百撰相』)

というように、わずか一日のうちに勝敗は決してしまった。

浮世絵を二枚参照しておこう。

明治元年、勝川英斎（かつかわえいさい）が描いたのが「春永本能寺合戦（はるながほんのうじがっせん）」(図33)である。この時点では、まだ生々しすぎるため、本能寺の変に仮託して制作されている。画面左上に黒門が描かれ、和装の彰義隊が陣取っている。一方、画面右下では、洋装の官軍が攻め込んで来る。『彰義隊戦史』の記述にもあったように、激しく銃弾が飛び交うさまが直接的に伝わってくる。

また、明治元年から翌年にかけて制作された、大蘇芳年（たいそよしとし）(一八三九―九二)の『魁題百撰相（かいだいひゃくせんそう）』は、過去の武将たちに仮託して上野戦争を描いている。流血のさまなど、実際に取材したものと考えられる。図34は、本能寺の変で討たれた森蘭丸である。背後に見える火打窓は寺院によく用いられるもので、寛永寺を想起させるという(岩切友里子『芳年』二三八頁)。

天野は、敗れた後、護国寺に逃れ、さらに本所に潜伏中に捕らえられて、獄死した。享年、三十八歳であった。

不忍池はどうなっていたか?

この戦いにおいて、不忍池はどうなっていたか。

『彰義隊戦史』には、「官軍小舟に乗り不忍池を渡り、弁天の中島に至り以て、穴稲荷門を撃つ」とある。料理茶屋が立ち並び、人々が蓮を愛でた風流な場所も戦地になってしまったのである。弁財天もさぞ驚愕したことであろう。なお、「穴稲荷」は、上野台地でも不忍池寄りの際にある忍岡稲荷の俗称である。

また、本郷台地から寛永寺に向けて砲撃が加えられたことによって、池の上空には砲弾が飛来していた。

佐賀藩のアームストロング砲の威力はすさまじかった。もともと長崎を警護するため、同藩は軍事力の強化に熱心だった。嘉永三年(一八五〇)には日本初の鉄製大砲を鋳造することに成功し、慶応三年(一八六七)まではアームストロング砲十四挺をイギリスから購入し、二挺を製造していたのである。『江湖新聞』五月二十二日の記事には、

当日は彰義隊退去の口々を断切り、広小路の正面より攻撃を初め、午後第五字(七ツ時迄)までは官軍利あらざりしが、その時肥前(ひぜん)の手にて、アルムストロングといえる大砲二門を放発せしより、戦機変じて、まったく官軍の利となれり。

とある。そのように戦況を一変させるような力を持った砲弾が不忍池の上を飛んで行ったわけだ。

司馬遼太郎にも『アームストロング砲』(初出『小説現代』一九六五年九月)という短編がある。大砲の開発に集中するあまり発狂してしまう藩士秀島藤之助は、いかにも司馬遼好みである。同作より、砲撃を行う場面を引用しておきたい。

点火した。

轟発(ごうはつ)し、尖頭弾(せんとうだん)が不忍池を越えて飛び、上野山中の吉祥閣に命中し、一瞬で吹っとぶのがありありと見えた。

同時に加賀屋敷の砲も咆哮(ほうこう)して三発で中堂を粉砕し、火炎をあげさせた。二門それぞれ六弾を送りおわったときに、彰義隊は潰滅(かいめつ)し、戦いはうそのような他愛なさで終結した。

2　死者たちの追悼と記憶——世の移り変わりを見守る

彰義隊が上野で戦った記憶は、江戸への郷愁によって人々の脳裏に留められると同時に、時の経過とともに風化していきもした。

杉浦梅潭の漢詩

幕臣だった杉浦梅潭(すぎうらばいたん)(一八二六—一九〇〇)は、慶応二年には箱館奉行に任ぜられ、明治元年まで勤めた。維新後は、明治政府の役人となり、開拓使権判官、開拓使判官となり、同十年致仕している。この時、五十二歳だった。そののち、同三十三年、七十五歳で死去するまでは漢詩の作者として活躍した。

梅潭の漢詩に、彰義隊士の墓前にて「宮本君の義挙」に感じるところがあり、にわかに詠じたとする、明治二十三年の作品がある。長いので、以下に一部を抄出する。なお、「宮本君」は、彰義隊の墓の両側に石灯籠を建てた宮本小一（一八三六―一九一六）を指す。そのような行為に対して梅潭も共感したということなのである。

憶起維歳戊辰五月望
巨礮震動山河裂
順逆雖誤道
勝於変其節
二百年恩以死報
甘為主家埋俠骨

憶ひ起こす　維れ歳は戊辰五月の望
巨礮震動し　山河裂く
順逆　道を誤ると雖も
其の節を変ずるに勝る
二百年の恩に死を以て報い
甘んじて主家の為に俠骨を埋む

（梅潭詩鈔）

詩意は、思い出す、明治元年五月十五日のあの戦争を。大砲が放たれ、大地が震動し、山や川が裂けんばかりだった。道理にかなっているかどうかという意味では、進むべき道は誤ったかもしれないが、変節した人々には勝っている。徳川二百年のご恩に死をもって報い、主君の家のために俠気に満ちた精神を発揮して、甘んじて埋葬されたことだ。

「其の節を変ずる」とは、徳川家に仕えていたのを裏切った反幕府勢力、薩長土肥らを言う。ここには、滅びゆく幕府に殉じた彰義隊への同情や親近感が見て取れるだろう。

梅潭は、四十三歳までは幕臣であった。人生の過半を徳川家に忠誠を尽くした身としては、簡単にその価値を捨て去ることはできなかったのである。本章冒頭では、維新を五十一歳で迎えた大沼枕山が上野戦争に感慨を催した詩を紹介したが、そのように幕藩体制の中で生きてきた人々の江戸に寄せる郷愁の思いは当時において根強いものがあった。

維新物の歌舞伎

上野戦争については、歌舞伎化された作品がいくつかある。明治八年六月に新富座で上演された、河竹黙阿弥作の『明治年間東日記』や、同二十三年五月に、やはり新富座で上演された、黙阿弥門下の竹柴其水作の『皐月晴上野朝風』がその代表的な例であろう。後者の方が実在の人物を登場させて、より事実を脚色した形になっている。その一方、両者は、最終場面で、事件の当事者やその兄弟、息子、家来といった人々が彰義隊の供養塔や博覧会場に集まって語り合うことで、過去と現在を二重写しにする趣向が共通している(日置貴之『変貌する時代のなかの歌舞伎　幕末・明治期歌舞伎史』)。江戸時代と明治時代、江戸と東京の対比が際立つ題材だったのである。

『皐月晴上野朝風』では、天野八郎の弟で洋行帰りの賢次郎や、やはり彰義隊の酒井宰輔の息子実らが明治二十三年の第三回内国勧業博覧会で再会するという場面がある。そこでの会話を以下に抜粋してみる。

実　わが父なども今日迄、存命いたしをつたなら、この開館を見られませうに、詰らん事をいたしました。

賢次　それは君の御親父も又我が兄の八郎も、御同様でござるのは、御一新の折当山にて討死せずば、開明のこの結構な世の中に、存命いたしをられませうと、返らぬ事を思ひ出しては、毎度懐旧の思ひをいたしまする。

息子や弟が漏らす感慨は、彰義隊で討ち死にしなかったなら、文明開化の世の中を味わえたのにというものだった。実の「(父は)詰らん事をいたしました」というせりふを読むと、彰義隊士たちが不憫に思われてくる。もう一つ、賢次郎の発言を引いておく。

瓦解の砌りは兄弟が、心一致いたさぬゆゑ、兄八郎は上野へ籠り、僕は洋行いたせしゆゑ、親父はそれが元となり、あの年七月この世を去り、唯今妹が酒井の次男を養子となして相続いたすが、今日となつて見ると、先づ我が方が勝利ぢやわえ。

賢次郎は、兄八郎と我が身を比較して、「我が方が勝利」と勝ち誇ったように言う。もう時代は移り変わってしまったのだ。

なお、さらに時を経て、大正十四年（一九二五）に浅草松竹座で初めて上演された、真山青果（一八七八―一九四八）作『彰義隊』もある。これは、戦争当日における寛永寺最後の門跡となった輪王寺宮公現法親王（一八四七―九五。のち能久親王）と天野八郎を描いたものである。アームストロング砲について交わした、天野と別当職竹林坊光映の会話を引いておく。

天野　御免。（と突ッ立ちて庭先に立ち、きッと見る）おゝ、いよ〳〵加賀邸の大村兵が、山内目がけて椎実玉を打ち出しました。あれが噂に聞く恐ろしいアームストロング砲に御座ります。黒門口の落ちざるに気をあせつて、いよ〳〵横を打ち初めたと思ひます。

光映　然し弾道が利かぬ、みな池に落ちる。

天野　いや然やうでは御座りませぬ。大村益次郎が総攻撃の最後の心頼みも、又われ等隊士が心中の恐れも、あの新式武器で御座ります。標的は根本中堂の大屋根と見申しました。一弾爆発すれば山内は一炬の火となりまする。急ぎ御立ち退きの御用意願はしう御座る。われ等は陣形を変へて、最後の殊戦致しまする。御免下さい。

ここでは、天野も状況を的確に捉えつつ、悲壮に戦う覚悟を決めた人物として、肯定的に描かれていよう。「椎実玉」は椎の実のような形をした砲弾を言う。

なお、図35は、寛永寺の根本中堂が砲撃によって燃えている場面である。『真山青果全集』第七

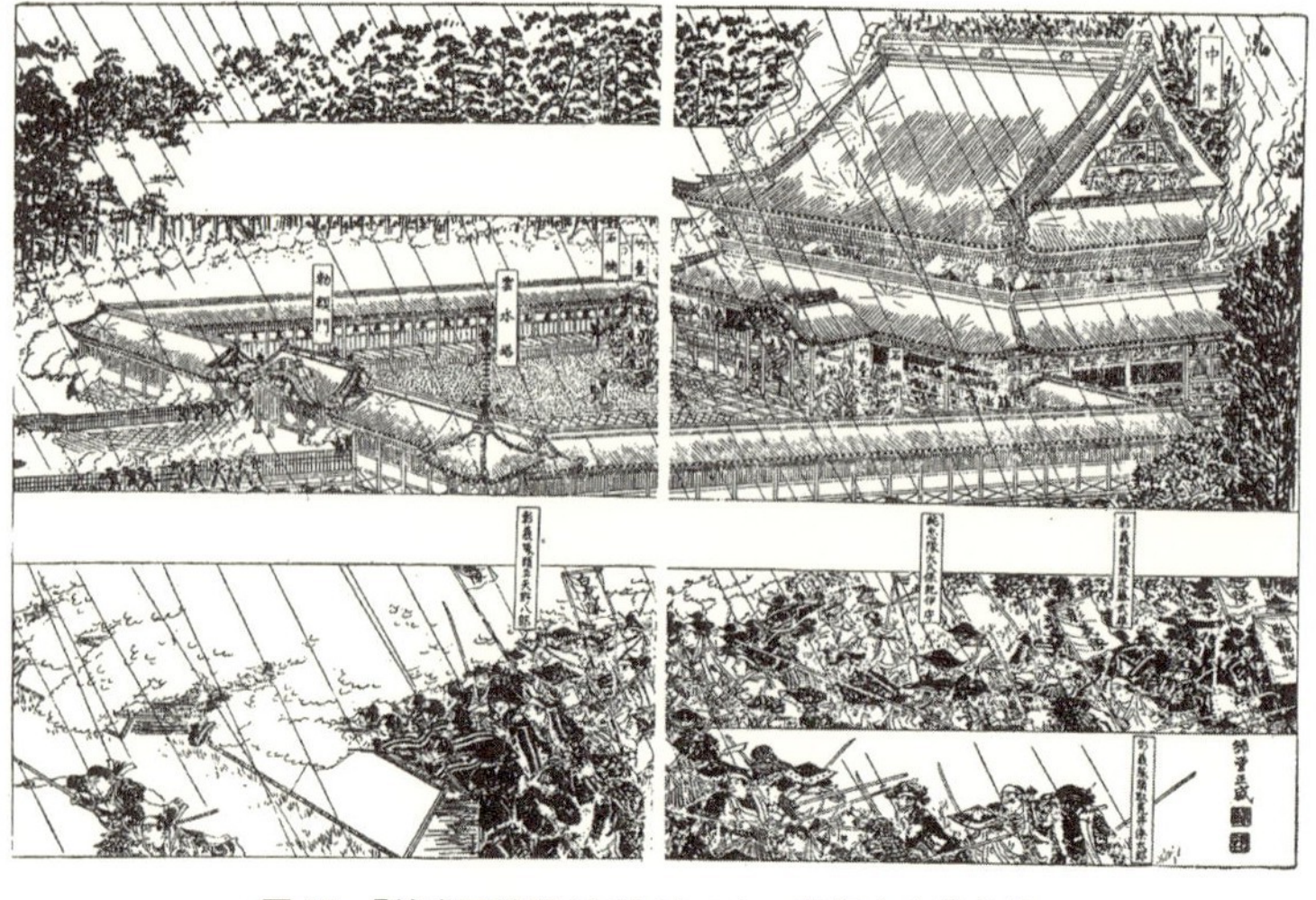

図35 「続戊辰戦記(未刊本)ノ内・東叡山中堂之部」

巻(講談社、一九七五年)所載の「続戊辰戦記(未刊本)ノ内・東叡山中堂之部」(松岡緑堂作画)を転載した。画面左下に天野が見える。

新派の劇作家として大正から昭和前半にかけて活躍した青果の著作では、維新物が三分の一を占め、この時代に寄せる思いの強さがうかがい知れる。

追懐される彰義隊——戦後

戦後、昭和後半・平成になっても彰義隊は追懐されていく。その例を二つ指摘しておこう。

江戸の風俗を洒脱な漫画に仕立てた杉浦日向子(一九五八—二〇〇五)にも、『合葬』(青林堂、一九八三年)という作品がある。主人公ではないが、穏健派川村敬三の懐刀森篤之進が最も印象的に描かれている。天野に対して作戦計画の変更を談判する場面、隊士らに襲撃され応戦しつつも左手首を失う場面、いずれも心を打つものがある。図36は、前者である。なお、本作は平成二十七年(二〇一五)に柳楽優弥主演で映画化された。

図36 『合葬』

平成十七年に刊行された吉村昭(一九二七―二〇〇六)の『彰義隊』は、上野戦争において彰義隊に守護されたため朝敵とされた能久親王のその後の人生を描く。なんとか汚名をそそぎたいと願う親王の思いが切ない。ちなみに、森鷗外にも『能久親王遺蹟』(明治四十一年刊)という著作がある。

第四章　「上野」の成立

1　上野公園——欧化政策と糊塗される戦渦

博覧会の開催、文化施設の建設など

上野戦争によって、不忍池を含む上野周辺はきわめて血塗られたイメージがまとわりつくことになった。明治時代になって、博覧会や競馬が催されたり、東京国立博物館や東京音楽学校などの文化施設が建てられるのは、欧化政策の一環というのももちろんのこと、官軍に与した人々が上野にまとわりついた負のイメージを拭い去りたいという思いがあったからではなかろうか。

上野は、明治六年(一八七三)に太政官布達に基づき浅草寺、増上寺、富岡八幡宮、飛鳥山とともに公園として定められ、同九年に内務省博物局の所管となり、開園式が挙行された。

なお、上野が公園になったことは、オランダの軍医アントニウス・ボードイン(一八二〇—一八八五)の考えに端を発するという。長崎精得館や大阪医学校で教鞭を執り、大学東校(東京大学医学部の前身)でも教えたボードインは、上野の形勝を称賛し、大学東校の敷地となる予定だったこの地を公

園にすべきだと建言した。それを記念して、園内には彼の像が建てられた(石黒直悳(いしぐろただのり)『懐旧九十年』)。ちなみに、石黒は陸軍軍医である。

その後、上野周辺で営まれた近代的な催しや建築物の主なものについては、以下に列挙しておこう。参考までに前後に起こった主な出来事も▽として記しておく。これによって、立憲君主制に向けて明治政府の体制が整備されていくことと上野において公的なありかたが整っていくことが連動している様相が捉えられるだろう。明治国家の形成に上野公園も強く関与しているのである。

▽明治十年二月、西南戦争勃発。
明治十年八月、第一回内国勧業博覧会が開催される。
明治十年八月、教育博物館(現在の国立科学博物館)が新築公開される。
明治十四年三月、第二回内国勧業博覧会が開催される。
▽明治十四年十月、明治十四年の政変(佐賀出身の大隈重信が追放され、伊藤博文ら薩長藩閥政権が確立する)。
明治十五年三月、農商務省博物局博物館(現在の東京国立博物館)および付属動物園(現在の上野動物園)が開館・開設される。
▽明治十五年六月、日本銀行設立。
明治十七年十一月、上野不忍競馬が開始される。

▽明治十七年十月、秩父事件。
▽明治十八年十二月、内閣制度発足。
明治二十年十月、東京音楽学校ならびに東京美術学校（現在の東京芸術大学）が創設される。
▽明治二十一年四月、枢密院設置。
▽明治二十二年二月、大日本帝国憲法発布。
明治二十三年四月、第三回内国勧業博覧会が開催される。
▽明治二十三年十一月、第一回帝国議会開会。

右のように、上野公園で催しが行われたり、文化施設が建設されていく中で、不忍池も変質せざるをえなかった。文明開化の不忍池の状況を、上野公園全体の様相を押さえつつ、見ていくことにしよう。

内国勧業博覧会

明治十年、西南戦争と同じ年に第一回の内国勧業博覧会が開かれている。

これは、日本全国の産業のありかたを調査すると同時に、全国的に産業を振興するという目的のために企図されたものである。殖産興業によって、明治国家をより強固なものにしていくための催しなのであった。

第二回(明治十四年)、第三回(同二十三年)と回を追うごとに展示品の内容は充実したものになっていった。

第一回の開会式での勅語に「朕更ニ望ム、人民ノ益々奮励シ、産業ノ益々繁盛シ、我全国ヲシテ永ク殷富ノ幸福ヲ享ケシメンコトヲ」とあり、参議兼内務卿大久保利通の奏状に「大ニ農工ノ技芸ヲ奨シ、殊ニ知識ノ開進ヲ資ケ、随テ貿易ノ宏図ヲ介シ、以テ国家ノ殷富ヲ致ス」(『明治天皇紀』明治十年八月二十一日条)とあるように、日本という国の「殷富」——富み栄えること——が目指されていたのである。

図37は、洋画家の二世五姓田芳柳が描いた『明治天皇紀附図』(宮内庁蔵)における、第一回博覧会への行啓幸のありさまである。明治天皇(一八五二—一九一二)が詠んだ、「博覧会」という題を持つ歌二首も挙げておこう。

1　ゆきめぐりみるものごとに国民のすすむ手わざをしるぞうれしき

2　つらねたるうつはに著し年年にひろくなりゆく民のなりはひ

(類纂新輯明治天皇御集・六八六九・六八七〇番)

1、会場のあちこちをめぐり歩いて接する展示品それぞれによって、国民の技術の進展を知ることができて嬉しく思う。2、陳列されている器物にはっきりと顕れていることだ、国民の仕事ぶり

図 37 『明治天皇紀附図』

が年を追うにつれて広く多様になっていくことが。産業を盛んにすべく国民を鼓舞する歌々だと言えよう。

『郵便報知新聞』明治十年八月七日の記事によると、博覧会場に巨大な泉水を掘って魚類を放つために、不忍池の水を蒸気力を用いて山上まで引き揚げることが行われた。東照宮の鳥居の脇から箱樋を架けたということである。

このことに限らず、不忍池においては明治時代以降次から次へと人為によって自然が失われていくように感じられる。以下で述べる、博覧会場におけるイルミネーション、ウォーターシュートの類もそうだし、競馬場の設置もそうである(競馬を取り上げるところで、不忍池にとってこういった人工的な装いがはたしてふさわしいのかということをめぐる当時の議論も紹介したい)。

本書冒頭で述べたように、池は人工的な要素が大きく、それが池を池たらしめているのだとも言えるので、そういう点では、文明開化とともにその要素がさらに拡張していくことは池の持つ宿命と言えるのかもしれない。

そして、江戸時代初期に中島を造り、そこに道を渡したのも人為だし、中頃には新地もできた。だから、不忍池には最初から人工的な意匠が加えられ続けており、明治時代になって、それが加速しただけだとも言えるのである。

いずれにしても、池における自然的なものと人工的なものとの共存は、本書の中でも重要な問題である。このことを念頭に、さらに具体的な事柄について検討を加えてみたい。

さて、内国勧業博覧会に話を戻そう。

第一回の博覧会について、大森貝塚を発見したエドワード・S・モース(一八三八―一九二五)は『日本その日その日』(創元社、一九三九年)の中で、

> 維新から、まだ僅(わず)かな年数しか経ていないのに、(上野公園で開かれた産業)博覧会を見て歩いた私は、日本人がつい先頃まで輸入していた品物を、製造しつつある進歩に驚いた。

と記している。

明治十四年に刊行された『俳諧開化集』には、「博覧会」という題で、

1　物過て眼のまとまらず花の中　　宜春

2　噴水にすゞしき影や竹の台　　鶯笠

というような句が収録されている。1の「物過て眼のまとまらず（物品が多すぎてどこを見てよいかわからない）」という表現からは、博覧会がじつにさまざまな展示品に溢れていたことをうかがわせる。2の噴水は博覧会の名物の一つとなったもので、「竹の台」とは博物館前の広地を言う。第三回については、前章で挙げた『皐月晴上野朝風』の最後の場面がその舞台となっていた。

イルミネーション

もう少し時を経て、明治四十年の東京府勧業博覧会での不忍池を見てみたい。図38は、『風俗画報』明治四十年四月二十五日号に載る「不忍池畔の台湾館と外国館」である。こうして見ると、池畔における江戸ののどやかな面影は脱色され、かなり変貌を遂げてしまったと感じられる。

この時、池畔にはイルミネーションやウォーターシュートも設けられており、江戸時代に比べて華々しさはさらにまさっていた。

図 38 「不忍池畔の台湾館と外国館」(『風俗画報』)

博覧会が催されたその年に発表された、夏目漱石の『虞美人草』では、登場人物たちが会場を訪れる。主人公の一人である藤尾の美しさが際立つことが認識される重要な場面において、この博覧会が舞台に選ばれるのである。イルミネーションの光と女性の美しさが映発し合うわけだ。

藤尾をはじめ、宗近・甲野・糸子らが観た光景は次のようなものだった。

昼でも死んでゐる水は、風を含まぬ夜の影に圧し付けられて、見渡す限り平かである。動かぬは何時の事からか。静かなる水は知るまい。百年の昔に堀つた池ならば、百年以来動かぬ、五十年の昔ならば、五十年以来動かぬとのみ思はれる水底から、腐つた蓮の根がそろ〳〵青い芽を吹きかけて居る。泥から生れた鯉と鮒が、闇を忍んで緩やかに腭を働かしてゐる。イルミネーションは高い影を逆まにして、二丁余の岸を、尺も残さず真赤になつて此静かなる水の上に倒れ込む。黒い水は死につゝもぱつと色を作す。泥に潜む魚の鰭は燃える。

前半部分、特に「昼でも死んでゐる水」「動かぬ」「腐つた蓮の根」といった表現からは、江戸以来の不忍池は旧態依然たるものであると見なされていることが理解できる(ここでも不忍池の景物として蓮が認識されていることは注意に値する)。

不忍池を古いものの象徴のように扱っておいて、その一方、新しい時代を象徴するものとして、後半部分にイルミネーションを登場させる。高々と聳え立つ電飾装置が、赤々と輝く姿を水面に落とすような光景は、江戸時代のそれからは想像も及ばない。まさに、文明開化によって不忍池も変化してしまったのである。

その頃、やはり本作の主人公の一人小野は恩人の井上孤堂とその一人娘小夜子とともに、弁財天が祀られる中島へ渡ろうとしていた。

驚ろかんとあせる群集は弁天の祠を抜けて圧して来る。向が岡を下りて圧して来る。東西南北の人は広い森と、広い池の周囲を捨てゝ悉く細長い橋の上に集まる。橋の上は動かれぬ。真中に弓張を高く差し上げて、巡査が来る人と往く人を左へ右へと制してゐる。来る人も往く人も只揉まれて通る。足を地に落す暇はない。楽に踏む余地を尺寸に見出して、安々と踵を着ける心持がやつと有つたなと思ふうち、もう後ろから前へ押し出される。

弁財天へと続く橋は群衆でいっぱいになってしまった。このこと自体は江戸以来かもしれないが、彼らの目の先には文明開化を象徴するイルミネーションがあるのである。

槌田満文『明治大正風俗語典』は、

明治四十年三月から六月まで上野公園で催された東京府勧業博覧会では、三万五千八十四個という大規模な電球が日曜、祝祭日、毎月一日、十五日に限って点火されて話題を呼んだ(『東京勧業博覧会図会』明治四十年三月)。(中略)全国で八十五万個しか電燈がついていなかった当時、三万五千もの電球が一斉に輝いたときの壮観は、漱石ならずとも驚かざるをえなかったであろう。

と記しており、このイルミネーションの衝撃力が数値の裏付けをもって伝わってくる。

漱石が出てきたところで触れておくと、『こころ』の有名な場面、先生がKに向かって「精神的に向上心のないものは、馬鹿だ」と言い放つのは、帝大図書館で勉強していた二人が、龍岡町から池之端を経て、上野公園に入ってのことだった。先生とKは不忍池畔を歩いていった後、全存在を賭けるようなやり取りを行ったのである。

ウォーターシュート

同じ明治四十年の博覧会では、ウォーターシュート――「船辷り（ふなすべり）」とも――も、弁財天から清水観音堂に向かって延びる道の左側に設けられた。

図39は、その年発行された一枚刷りの「東京勧業博覧会全図」（発行者、勝木吉勝）の一部である。画面中頃右側に「ウオターシュート」と記してあるのがわかる。池の向こう側には、台湾館、そして外国館も見える。なお、中島から左手に向かっても道ができている。これは観月橋と言い、第二回の博覧会の時に架けられたものなのである。建築家の藤島亥治郎（がいじろう）が著した『明治少年記』（住まいの図書館出版局、一九八七年）には「第二回内国勧業博覧会のこと」という文章があり、次のように回想している。

弁天様の島から向う岸まで石造りのアーチをたくさんならべた観月橋という長い橋がこの時はじめてかけられて、便利になったなと、つくづく思わせたものだった。この橋は昭和のはじめまであったが、その後こわされて、今のように土手でいくつかの池に仕切られてしまい、なんだか狭くなったように思ったものだったね。

図 39　「東京勧業博覧会全図」

この観月橋については、『美術新報』明治四十年五月三十一日号に写真が掲載されている(図40)。図41は、『風俗画報』同年六月二十五日号に載るウォーターシュートの図で、状況が具体的にわかるだろう。画面右下で船が着水し、水しぶきが上がっている。

図 40 「観月橋」(『美術新報』)

図 41 「博覧会余興ウヲーターシユート及宝玉殿」(『風俗画報』)

この装置自体は、明治三十六年に大阪で開催された第五回内国勧業博覧会においてもすでに設置されていた。不忍池畔のものについては、『風俗画報』明治四十年五月二十五日・六月二十五日号の記事によれば、一隻に船夫一名、乗客八名が乗ることができ、十五メートルの高さから斜面を滑り降り、水際での速度は時速約六十キロとなるという。ただし、着水する時点で船は水面と平行になるので、危険はない。船体の構造が飛沫を左右に広く開くようにできているため、乗客の衣服が濡れたりもしない。そして、着水する地点の池底は掘り下げられ砂利が敷かれており、水が濁ることもなかったという。

もっとも、風刺漫画誌『東京パック』同年五月二十日号の記事には、「家鴨の如き市民」と題して、

今度上野に出来た船辷は船の悪いのがあって、池の中に辷り込む途端に頭から水を浴てしまふ。あの黴菌だらけの溝水を平気で浴て面白がっている市民は家鴨の生れ変りだろう。

とあり、池水の汚れを指摘している。

中原中也の博覧会

なお、昭和十一年(一九三六)には、中原中也が「夏の夜の博覧会はかなしからずや」という詩を

書いている。この年の十一月に長男文也を二歳で亡くしており、この後神経衰弱になった中也は翌年十月には三十歳の生涯を閉じることになる。

日記の昭和十一年十二月十二日の条には「文也の一生」という一文が記され、そこには、「七月末日万国博覧会にゆきサーカスをみる。飛行機にのる。坊や喜びぬ。帰途不忍池を貫く路を通る。上野の夜店をみる」とある。

この詩の「1」を全文掲出しておく。

夏の夜の、博覧会は、哀しからずや
雨ちよと降りて、やがてもあがりぬ
夏の夜の、博覧会は、哀しからずや

女房買物をなす間、かなしからずや
象の前に象と坊やとはゐぬ
二人蹲(しやが)んでゐぬ、かなしからずや、やがて女房きぬ

三人博覧会を出でぬかなしからずや
不忍ノ池の前に立ちぬ、坊や眺めてありぬ

そは坊やの見し、水の中にて最も大なるものなりきかなしからずや、
髪毛風に吹かれつ
見てありぬ、見てありぬ、
それより手を引きて歩きて
広小路に出でぬ、かなしからずや

広小路にて玩具を買ひぬ、兎の玩具かなしからずや

文也と行った博覧会では、象を見たり、不忍池畔を歩いたりもし、楽しい一日となった。しかし、文也は四か月後に幼児結核で急死してしまう。激しい衝撃が中也を襲い、楽しかった記憶が反転し哀しいものと化してしまった。「かなしからずや」が何度も繰り返されることによって、悲嘆の大きさも伝わってくる。

文也の短い人生で見た中では、不忍池は「水の中にて最も大なるもの」だった。そこには、もう少し大きくなれば、海水浴に連れて行ってやることもできたものを、という慨嘆が込められているわけだ。しかし、二歳の文也にとっては不忍池でも十分に大きく、驚きをもって見つめたのであろう。池の大きさに感嘆し喜ぶ文也のありさまを思い起こすと悲しみもいっそう募ることになる。

2 競馬場と動物園——西洋文明の発信地

上野不忍競馬

不忍池周辺では競馬も行われた。池の周囲で競馬が開催されるのは、明治十七年(一八八四)十一月のことである。競馬場は十月に竣工し、一周約一五〇〇メートルであった。

今日のように娯楽のためということではなく、鹿鳴館のように日本が欧化していくことを具体的に示すという目的も大きく、また軍事的な目的もあった。

明治十七年の第一回開催時をはじめとして天皇もしばしば臨幸した。『明治天皇紀』明治十七年十一月一日条には、次のようにある。

共同競馬会社、上野不忍池畔の競馬場竣成せしを以て、本日より三日間、開場式を兼ねて秋季競馬会を行ふ。是の日其の請を聴し、行幸、之れを覧たまふ。正午御出門、宮内卿伯爵伊藤博文・侍従長侯爵徳大寺実則以下宮内諸官等供奉す。共同競馬会社社長彰仁親王の先導により、馬見所正面の御覧所に著御したまふ。皇族・大臣・参議・勅奏任官・外国公使等及び朝野の貴紳招かれて陪覧する者千数百名に及ぶ。競馬は日本馬及び雑種馬八組にして、馬匹七十余頭、附するに賞金数千円を以てす。中に宮内省賞・皇族賞あり。畢りて午後六時三十分還幸あらせらる。

千数百人が観覧し、天皇の権威も持ち出され、国家的な威信をかけた催しなのだ。なお、「共同競馬会社社長」彰仁親王(一八四六—一九〇三)とは、伏見宮邦家親王の第八王子で、戊辰戦争で官軍を指揮し、陸軍でも元帥にまで昇りつめた人物である。その縁なのか、上野公園には軍服姿で馬に跨る銅像が建てられた。さきほど触れた、寛永寺最後の門跡となった能久親王の兄でもある。

明治二十三年の第三回内国勧業博覧会の折には、全国の競走馬が参加した競馬会も催された。しかし、同二十五年秋を最後に行われなくなり、同二十八年には馬見所などの施設が撤去された。十年にも満たない催しだったわけだが、博覧会同様、不忍池の風景を大きく様変わりさせた営みだと言える。

そのことは、当時の浮世絵を見てみれば、一目瞭然であろう。

図42は、明治の風俗画や徳川の大奥の絵で知られる楊洲周延(一八三八—一九一二)が描いた「東京上野不忍競馬之図」(出板人、浅野栄蔵)である。明治十七年十月、まさに競馬が開催される直前に発行された作品である。蓮見をするために人々が朝早くからやって来た江戸ののどやかな風景とは異なって、池の周りを馬が走り、池の向こう側には馬見所が見える。宙を舞っている虎や達磨、福助などは、祝賀のために打ち上げられた花火に仕込まれた玩具である。華やかで楽しい半面、どこか

図 42 「東京上野不忍競馬之図」

図 43 「上野不忍競馬之図」

借り物で嘘くさい感じもある。

図43も、楊洲周延の「上野不忍競馬之図」である。明治十八年に発行された。こちらは、馬見所のある御覧所から見た光景で、画面左側には図42よりさらに躍動的に馬や騎手たちが描かれている。画面右側には明治天皇や皇后ら洋装の女性たちがいる。いかにも文明開化という趣である。こういったところも鹿鳴館風なのであろう。ただし、これらは当日の状況を写実したのではなく、宣伝のため事前に想像して制作されたものなのである。

なお、図42は右回りだが、図43は左回りである。実際には左回りであったらしい。この時のことを詠んだ、昭憲皇太后(しょうけんこうたいごう)(一八五〇—一九一四)の歌を一首挙げておこう。

競馬
不忍の池のほとりのくらべ馬いづれ勝ちけむ声のとよめる
(類纂新輯昭憲皇太后御集・二〇四三番)

いったいどの馬が勝ったのか、観衆の声が「とよめる」——鳴り響く——のを、皇后も興奮しながら楽しんでいたのではないか。

図44は、エドワード・S・モースが収集した、明治二十三年当時の写真(セイラム・ピーボディー博物館蔵)で、池の周囲が競馬場になっている。ちなみに弁天堂の左手にはまだ出合茶屋があるのが

図44　明治23年当時の不忍池

わかる。

競馬——石橋忍月

さて、ここで先に予告した通り、不忍池周辺が競馬場になり、西洋風になっていくことについての当否を議論している興味深い一節を紹介しよう。文芸評論家としても名高い石橋忍月（一八六五—一九二六）が明治二十一年に発表した『一喜一憂 捨小舟』（二書房）の中で、登場人物の箱田と河井が交わしたやり取りの一部を以下に掲出する。なお、読みやすさに配慮して、私に傍線を付した。

箱、だが何時見ても不忍池の眺望ばかしは飽きないネ、尤も競馬場が出来てから以来余ツ程風景の雅趣を損じたかと思ふよ、こう言ふと何ンだか仙人風を慕ふ様だが、天然の美趣を備へた所には成る丈け人工の細工は加えないが宜いて、丁度一個の美人がこて〳〵と白粉を塗りべた〳〵と紅を含んだ様で却て野鄙に陥ると思ふよ、ドーダ The rouged beauty cannot come up to the bloom of youth(紅粉を施したる佳人は当初に如かず)との諺はそれ是を言ふかだ河、ノウ〳〵一体此地の佳なる所以は斯様な人工物があるからだ、①此池だツて矢ツ張り人工物の一つで天然に出来たのぢやない、②雅の処に俗を雑え陽気にして喧閙ならずとは此の地の一種抜群なる所以だ、君の様に一も二も雅々と言ツて其極端終に太古穴居の時代を称讃すると一般だ、向島も可なり、高輪も可なり、然れども地偏僻に在ツて都会の片隅に位するお陰で漸く佳景を備へるのだから、少しく世間の事業に手を出してゐる者には何れの方角に行にも不便でチョツト買物に出るのにも銀坐に訴へざるを得ずとは憫然な土地だ、③斯る不便なくして斯る明媚の風景を有するのは東台山下の小西湖即ち不忍池より外にはない

まず箱田の発言の二重傍線部を見てみると、彼はあくまで自然の美しさを保つべきで、人工的な細工は加えない方がよいと述べている。

つづいて河井の方は、三つの傍線部に分けて検討してみる。①では、そもそも不忍池も人工的な要素はあるのだという反論である。江戸時代初期に中島やそこへの道が築かれたり、中後期に新地が新たに造成されたことを指しているのだろう。②では、雅俗が融合している点がすばらしいとす

る。この場合、「雅」は自然の景観を指し、「俗」は江戸の茶屋や明治の競馬など、人によって手を加えられた部分を言うのだろう。「陽気」は賑やかであること、「喧閙」はやかましく騒がしいことを意味する。③では、都会にありながら風光明媚であることのよさを称揚する。文化と自然の融合である。向島には隅田川や三囲稲荷・長命寺など、高輪には品川沖や泉岳寺などがあり、自然や寺社によって「雅」だが、不便な地にあり、それに比べれば、不忍池は繁華な地からすぐ行かれて便利なのに佳景なのだ。

ところで、ここでも江戸漢詩同様、不忍池が「小西湖」と称されている。こういったことば一つの用い方によっても江戸と明治の連続性がうかがえるのである。

一言でまとめてしまえば、箱田は〈人為が自然を壊している〉、河井は〈人為と自然が調和している〉となろう。

海や湖に比べて、池の方が人工的で文化に親しみがある。このことは本書でも縷々述べてきたように歴史的に証明できる。ただ、それはあくまで自然があった上でのことである。水のせせらぎ、水面に浮かぶ植物なくして、池の本来的な価値はありえない。だから、自然と人工の関係はあくまで程度問題なのである。

では、江戸時代初期の中島とそれに通じる道、中後期の新地、そうして明治時代初期の博覧会や競馬、といった変遷(このあと昭和には地下駐車場問題も浮上する)の中で、どこまで人工的な加工は許されるのだろうか。

私は江戸時代の専門家として、中島や新地などの土や木による加工は許容できる。一方、博覧会や競馬は加工がまさり過ぎだと感じる。しかしそれは個人的な感慨に過ぎない。あくまで人によって異なる問題であろう。

そして、博覧会や競馬も、池の持つ文化的な特性が欧化政策に触発されて大きく発現したものだということは、紛れもない事実であろう。

競馬——樋口一葉

『捨小舟』における箱田のような見解、すなわち、池の自然が人為によって損なわれることへの懸念、具体的には情趣豊かな池畔が競馬によって乱されることへの嫌悪感は、樋口一葉(一八七二—九六)の日記『わか艸』明治二十四年八月八日条——この時まだ競馬は行われていた——にも認められる。当該箇所を引用しよう。

大学を抜て池の端へ出づ。茅町のほとりより蓮の清き香遠くかをりて心地もすが〳〵しく成ぬ。ひろごりたるはにくしと清少納言がいひけん夏の柳岸になびくかげもすゞしく、まして水の面みえぬ斗咲みちたる紅白の蓮吹渡る風に葉うらのかへりてみゆるもをかし。蓮根取の舟つなぎたるこれのみはあらずもがなとおもふ。競馬の埒結ひたるいとみにくゝあいなくはじめはみしが、ふるびて所々こはれなどしぬれば、少し気色なほりし様におもふもひが心にや。

一葉は、昔ながらの蓮の香が不忍池から漂ってくることにはきわめて肯定的、親和的な一方、蓮根舟には、「これさえなければよいのに」と感じている。「ひろごりたるはにくしと清少納言がいひけん夏の柳岸になびくかげもすゞしく」は、『枕草子』「三月ばかり、物いみしにとて」の条において、柳が「葉ひろう見えてにくげ」であるとされ、「柳のまゆのひろごりて」とも詠まれることを踏まえる。なお、『枕草子』の本文は、一葉が参照した可能性が高い、北村季吟『枕草子春曙抄』（延宝二年〈一六七四〉成立）に拠った。

そして、競馬場については嫌悪の情を隠さない。競馬のために「埒」――柵――が結ばれたことについては、見るに堪えずよくないと最初は思っていたが、古びて壊れてきたので、池のたたずまいも少し元通りになってほっとした。これは「ひが心」――ひねくれた心――であろうかと自嘲的に記してもいるのだが。

東京国立博物館・上野動物園、教育博物館

明治十五年、博物館と動物園、現在の東京国立博物館と上野動物園が開館・開設される。

博物館は、イギリス人の建築家ジョサイア・コンドル（一八五二―一九二〇）が設計した。コンドルは、明治十年に工部大学校（東京大学工学部の前身）講師として来日し、建築教育を日本人に授けた。なお、後述する岩崎邸もコンドルの設計によるものである。

動物園は、最初はほとんどが国産の動物で、動物舎も木造の粗末なものだった。

しかし、明治十九年に来日中のイタリアのチャリネ大曲馬団の虎が産んだ三頭のうち雌雄二頭の子虎をヒグマと交換し、同二十年二月から公開すると、入園者が大きく増加した。また、同二十一年にはシャムの皇帝からインド象二頭が贈られ、さらに入園者数が伸びた。

『病牀六尺』(明治三十五年五月二十六日条)において、正岡子規も見たいものとして「動物園の獅子及び駝鳥」を挙げている。

子規が没する四日前、明治三十五年九月十五日の記事には、

> 上野の動物園にいつて見ると(今はしらぬが)前には虎の檻の前などに来ると、もの珍し気に江戸児のちやきちやきなどが立留つて見て、鼻をつまみながら、くせえくせえなどと悪口をいつて居る。その後へ来た青毛布のぢいさんなどは一向匂ひなにかには平気な様子でただ虎のでけえのに驚いて居る。

と記されている。「ちやきちやき」は生粋ということである。

なお、国立科学博物館の前身である教育博物館も、明治十年八月に新築公開された。

東京音楽学校・東京美術学校、精養軒

明治二十年十月には東京音楽学校、東京美術学校が創設される。現在の東京芸術大学の前身であ

る。今も残る奏楽堂は、同二十三年に東京音楽学校の演奏会場として建てられたものである。維新から二十年ほど経ったあたりで、博物館、動物園、東京芸大と、現在の上野でも中心的な文化施設がかなり顔を揃えることになる。

明治二十三年に上演された『皐月晴上野朝風』では、彰義隊が過去の遺物のように扱われていた。明治二十年代に至って、江戸の面影はかなり薄まってきているのであろう。

明治二十四年刊『新葉末集』に収められる、幸田露伴の『辻浄瑠璃』にも、

上野を過ぐる途すがら美術学校の屋根を眺めて彼堂中より必ずや大作家いでむと将来を頼もしがり、音楽学校の庭樹に鳴く禽の声聞て汝も歌へや君が代をと微笑み、動物園前猛獣の末路を吊し、大仏の下通つて貴殿も頓て破壊されむと申しける。

とあって、芸術系の学校にはおおむね好意的な態度を示す一方、寛永寺の大仏の行く末を危ぶんでいる。実際、大仏は、関東大震災の時に首が落ちてしまった。

その他では、明治九年に上野精養軒が丸の内にあった本店の支店として創業している。

明治四十一年、当時四十五歳だった二葉亭四迷(一八六四—一九〇九)が、『朝日新聞』特派員としてロシアのペテルブルグに赴く際の送別会も精養軒で行われた。『趣味』同年七月号に掲載された「二葉亭氏送別会」は、次のように始まる。

三面の玻璃窓を透す新緑に埋れて、一面には朱い五重塔が見える。一面には不忍の池の漣がチラ〳〵と樹の間に隠見する。夕風が涼しく吹き通す。室内には緑や赤に染めた紐のやうなものに小旗や金の玻璃玉などを付けたもので、柱や天井を装飾してある。然うした精養軒の一室に二葉亭氏の露西亜行を送るべく、氏が知己の人々も未見の人々も早や概ね集まつて来た。

店内は、いかにも西洋料理店にふさわしい装飾が施されている。そのようにはなばなしく送られた二葉亭だが、現地で肺結核に罹り、翌年帰国の途上、船中で没した。

昭和になってからの建造物も挙げておこう。

東京都美術館(東京府美術館)は昭和元年(一九二六)に開館した。

国立西洋美術館は昭和三十四年に開設され、フランスの建築家ル・コルビュジェが設計した。収蔵品は、印象派の絵画とロダンの彫刻を収集した松方コレクションを母体とする。

東京文化会館は昭和三十六年の開館である。

明治二十年代の不忍池

明治期の、その他の不忍池周辺の出来事としては、ロシア情勢を視察するため単騎シベリアを横断した福島安正中佐が帰国した際、池畔に歓迎場が設けられたことが挙げられる。明治二十六年七

図45 「上野不忍池畔福島中佐歓迎場之図」(『風俗画報』)

月のことである(『風俗画報』同年七月十日号、〈図45〉)。

また、明治二十七年、まさに日清戦争が始まった年には、この戦争において最大の海戦であった黄海海戦を模した仕掛け花火が打ち上げられた。日本の軍艦「松島」と清国の軍艦「定遠」を池に浮かべ、松島が定遠を攻撃して炎上させるというものだった(『時事新報』同年十一月十五日号)。

日清・日露戦争へと軍靴の響きが高まっていく中、不忍池もその影響から免れることはできなくなっていたのである。

それとは別に、江戸時代当時とさほど変わりのない、のどかな風景も見られる。すでに競馬も始まっている明治二十一年八月九日の『東京日日新聞』の記事を引

図 46　「不忍弁天祠の図」(『風俗画報』)

図 47　「不忍池の蓮」(『文芸倶楽部』)

図 48　「不忍池畔自転車競争之図」(『風俗画報』)

用しておこう。

上野不忍弁天の蓮花は、一昨年以来池底を渫いたるため、これまで多くありし蓮花も減少するならんと、雅客は心配なし居りしに、本年は旧来より却って多き方にて、昨今は真盛りなれば、毎朝三時頃より見物に出掛る者多し。

ここでは、まだ蓮見も健在である。また、『風俗画報』明治二十九年十二月二十日号に載る「不忍弁天祠の図」(図46)などを見ていると、相変わらず庶民的な賑わいで活況を呈していることも確認できるのである。

もう一図、『文芸倶楽部』明治二十九年六月十日号の口絵「不忍池の蓮」(図47)も載せておこう。蓮が繁茂しており、『江戸名所図会』図24(五六頁)を思い起こさせるものがある。ただ、『江戸名所図会』の方がくつろいだ雰囲気が前面に出ていると思う。

この後、明治三十一年十一月には、池畔で自転車競走も行われた。図48は、『風俗画報』同年十二月十日号に載るものである。さまざまな行事の場として活用されていたのである。

第五章　近代文学の舞台として

1　森鷗外『雁』——池畔をめぐる想いの交差

森鷗外の人生とその作品

近代文学の中で、不忍池が最も重要な舞台として登場するのは、森鷗外(一八六二—一九二二)の『雁(がん)』であろう。明治四十四年(一九一一)から大正二年(一九一三)にかけて発表された作品である。この時、鷗外は五十歳を少し過ぎた頃だった。

鷗外は、文久二年、明治維新まであと六年という年に、石見国津和野藩の典医の子として生まれる。明治七年に東京医学校予科に入学し、同十四年、二十歳にして東大医学部を最年少で卒業し、医学士となる。同十七年より二十一年まで、ドイツに留学した。この間の体験が『舞姫』(同二十三年発表)の元となる。同二十七年に日清戦争に出征し、同三十七年には日露戦争のため再び出征する。同四十年、四十六歳の時に、陸軍軍医総監、陸軍省医務局長となり、軍医としての最高位に昇りつめた。ここから大正五年の予備役編入までの十年間には、木下杢太郎(もくたろう)に「豊熟の時代」と評されたように、今日知られる小説が数多く生み出された。明治四十四年から大正二年にかけて『雁』が執筆された以外に、明治四十三―四十四年には『青年』、同四十四年には『妄想』が著される。同四十五年、明治天皇が崩御し、乃木大将夫妻が自刃する事件を契機として、歴史小説を書き始めることになる。『興津弥五右衛門の遺書』(大正元年発表)、『阿部一族』(同二年発表)などがその代表作と言える。また、大正四年には『山椒大夫』を、同五年には『高瀬舟』『寒山拾得』を、また史伝『澀江抽斎』を発表した。ちなみに、この大正五年は夏目漱石が五十歳で没した年でもある。同十一年、鷗外も六十一年の生涯を閉じた。

『雁』のあらすじ

『雁』に話を戻すと、この作品は明治十三年が舞台となっている。もう最初の内国勧業博覧会は開催されたが、競馬場や東京音楽学校や東京美術学校は設置される以前のことである。

東京帝国大学医科大学の学生でドイツに留学することになる岡田と、貧しい生まれで、結婚にも失敗し、高利貸しの妾となるお玉の運命がかすかに交錯し、そして離れていくという物語が池畔で展開していく。

物語は、主として岡田の隣人「僕」の視点によって描かれ、途中にお玉の哀しい過去が彼女自身の視点によって語られる。最後に種明かしがあって、後日、お玉と知り合いになった「僕」が、自分の知っていたこととお玉から聞いたことを総合して構成された話だということがわかる。

話の展開をまとめておこう。

岡田とお玉の触れ合いとすれ違い

・「僕」は、医科大学の一学年下で同じ下宿の隣室に住んでいた岡田とふとしたことから親しくなった。岡田は、美男だが、血色もよく、体格もがっしりしていた。そつなく勉強し、一定の成績を維持しつつ、遊ぶ時は遊ぶ。家賃も決して滞らせない。そして、不忍池周辺を散歩するのを日課としていた。

・岡田が散歩で無縁坂（えんざか）を通る際、ある家に住む女――お玉――が窓を開けて待っているので、礼をするようになった。

お玉の身の上（お玉の視点から描かれる）

・高利貸しの末造（すえぞう）がお玉を妾にする。最初末造は自分の職業や家庭を偽っていたが、やがてお玉はそれを知る。末造の女房お常も自分の夫に妾がいることを知り、嫉妬する。その過程で、お玉は自我に目覚めていく。

・末造がお玉に買い与えた紅雀（べにすずめ）が蛇に襲われたのを岡田が退治するという事件を契機として、岡田とお玉の親しさは増した。

・お玉は岡田にさらに近付きたいと考え、末造が千葉に商用へ行った留守に、岡田を妾宅に招き入れようと考える(ここは、お玉の視点から描かれる)。
・「僕」のきらいな青魚の味噌煮が下宿の晩飯に出たことで、「僕」は岡田を誘って散歩に出る。その日に限って、岡田は一人で無縁坂を歩かないことになったため、お玉の目論見は崩れてしまった。
・不忍池畔で岡田の投げた石が雁に命中し、雁は死んでしまう。
・岡田は洋行することになったと「僕」に明かす。

時を経て、「僕」はお玉と知り合うことになった

全体として、筋がていねいに組み立てられていて、登場人物たちの状況の変遷や、心理の襞が緻密に書き込まれている、と言ってよいだろう。

池がもたらす慰安効果

『雁』において、不忍池はどのように描かれているのか。順を追って見ていきたい。

岡田の散歩する経路は二通りあるのだが、その一つは不忍池を一周するというものだった。

寂しい無縁坂を降りて、藍染川のお歯黒のやうな水の流れ込む不忍の池の北側を廻つて、上野

の山をぶらつく。それから松源や雁鍋のある広小路、狭い賑やかな仲町を通つて、湯島天神の社内に這入つて、陰気な臭橘寺の角を曲がつて帰る。併し仲町を右へ折れて、無縁坂から帰ることもある。(「壱」)

藍染川は、巣鴨から田端を経て不忍池の北側に注ぐ川で、現在では暗渠となっている。松源は、上野元黒門町(現在の上野二丁目)にあった会席料理屋で、お玉が末造に目見えする場所でもある。雁鍋は、上野広小路町(現在の上野四丁目)にあった仕出し料理屋である。臭橘寺とは、春日局の菩提寺麟祥院の俗称である。つまり、岡田は無縁坂を降りて池の西側にまで来た後、時計回りに池を回り、池の西南から湯島へと抜けていくのである。そして、「窓の女」すなわちお玉に礼をするのは、散歩の初めのあたりだということになる。

図49に『鷗外近代小説集』第六巻(岩波書店、二〇一二年)巻末所載の「『雁』参考地図」を転載した。岡田の散歩の順路を番号でたどると、⑫を右へ行き、不忍池を右回りに上がり、③あたりをぶらぶらして、池の右側を下へ、⑲を左へ行き、⑯から⑪へと遠回りをすることもあれば、すぐに⑫に戻ることもある。

ちなみに、無縁坂の侘しい片側町、藍染川の小流、黒門町の料亭松源、そして不忍池は、開化の世相から置き去りにされたすがれた風景なのだと前田愛氏は指摘している(『幻景の街——文学の都市を歩く』)。

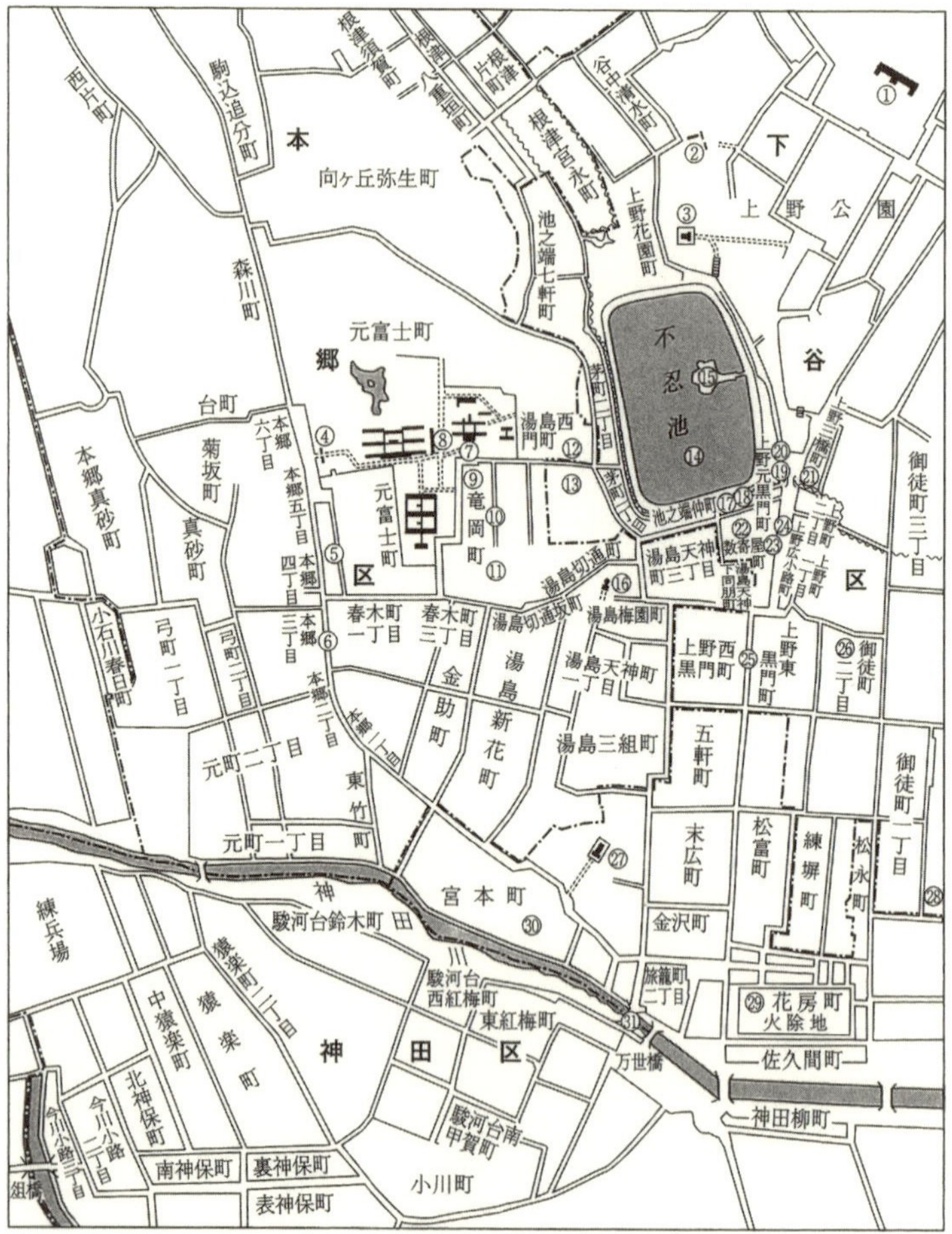

図 49 『雁』参考地図(『鷗外近代小説集』第 6 巻)

①博物館 ②動物園 ③東照宮 ④赤門 ⑤藤村 ⑥本郷通り ⑦東京大学の鉄門 ⑧大学医学部 ⑨下宿屋上条 ⑩豊国屋 ⑪臭橘寺 ⑫無縁坂 ⑬岩崎の邸 ⑭不忍の池 ⑮中島の弁天 ⑯湯島天神 ⑰蓮玉庵 ⑱宝丹 ⑲松源 ⑳十三屋 ㉑雁鍋 ㉒吹抜亭 ㉓大千住の出店 ㉔広小路 ㉕お成道 ㉖青石横町 ㉗神田明神 ㉘藤堂屋敷 ㉙秋葉の原 ㉚書籍館(旧昌平坂学問所. 現・湯島聖堂) ㉛相生橋(昌平橋. 明治 6 年流失)

近代日本の将来を担わされた若き選良たちは、勉学に勤しむことが義務付けられる。国家のために貢献することにはやり甲斐も感じられるだろうが、一人の人間としては大きな負担を覚えることでもあっただろう。学ぶことに倦み疲れた頭脳は、まず歩いて体を動かすこと、そして自然を見つめることによって、恢復することが可能になる。

体を動かさず、頭だけを使っていると、脳の血流が悪くなって、考えが煮詰まってくる。だから、体を動かすことは脳にとってもきわめて重要なのである。また、自然は、人間の心情とは距離があり、かつ根源的な生命力を与えてくれるものである。したがって、自然に触れることは、感情を相対化しつつ、安らぎを与えてもらえる経験なのだ。そのため、岡田は散歩をし、かつ池を見るのである。

そして、本書の最後でも述べるが、一望のもとに見渡せる池という自然に対して、自らの感情を投じることで、ほどよい慰安を得られるのである。

つづいて、お玉が末造に目見えする松源の場面である。

二階と違つて、その頃からずつと後に、殺風景にも競馬の埒にせられて、それから再び滄桑を閲して、自転車の競走場になつた、あの池の縁の往来から見込まれぬやうにと、切角の不忍の池に向いた座敷の外は籠塀で囲んである。(「漆」)

そこでは、池の方から中を見られないようにというので籠塀で囲まれているため、末造はこの場面で不忍池を目にすることはない。この小説の中で、岡田も「僕」も、お玉もその父親も不忍池の風景に接して、ある種心が救われるのだが、末造だけはそうならない。

末造が恃みにしているのは金であり、金で買われた人間関係なのだ。だから、彼は池によって癒される必要を感じないし、実際そういうことは起こらない。

それに対して、お玉の父親は不忍池の風景を見て、さまざまなことを感じる。以下は、娘が妾になった後、なかなかやって来ないのをさびしく思う場面である。

> 夕方になると、女中が台所でことこと音をさせてゐるのを聞きながら、肘掛窓の外の高野槙の植ゑてある所に打水をして、煙草を喫みながら、上野の山で鴉が騒ぎ出して、中島の弁天の森や、蓮の花の咲いた池の上に、次第に夕靄が漂つて来るのを見てゐた。爺いさんは難有い、結構だとは思つてゐた。併しその時から、なんだか物足らぬやうな心持がし始めた。それは赤子の時から、自分一人の手で育てて、殆ど物を言はなくても、互に意思を通じ得られるやうになつてゐたお玉、何事につけても優しくしてくれたお玉、外から帰つて来れば待つてゐてくれたお玉がゐぬからである。窓に据わつてゐて、池の景色を見る。往来の人を見る。今跳ねたのは大きな鯉であつた。今通つた西洋婦人の帽子には、鳥が一羽丸で附けてあつた。その度毎に、「お玉あれを見い」と云ひたい。それがゐないのが物足らぬのである。(「捌」)

父親は、上野山の鴉、中島弁財天の森、池の蓮の花といった、池とその周辺にある自然物に心を傾けながら、感謝の気持ち、満足感を抱く。自然によって、心が和むことによって余裕が生まれ、我が身のありかたに思いを致すのである。しかし、そこから、いつも一緒に過ごしていた愛娘がいなくなったさびしさも、浮かび上がってくる。

満足感とさびしさ、それらは正反対のもののようだが、人の心の中でしばしば共存するものなのではないか（満足することで張りつめていた緊張がほどける。すると、心の隙間が生まれる。さびしさはそこから忍び込んで来る）。

そういった感情全体を発露させ、そうすることで慰安に向かわせる、池は、そのようなものとして存在している。

付け加えておくが、上野山の鴉、中島弁財天の森、池の蓮の花は江戸を想起させるなつかしい風物でもあった。そういった過去の時間がもたらす安心感が慰安効果をいっそう引き立たせているのである。

お玉の自覚を見守る不忍池

ただ、池は慰安だけをもたらすわけではない。さまざまな人の心を映し出す鏡のようなものとしても存在しているのである。

末造が高利貸しだと知ったお玉が、これからは自分がしっかりしなくてはと思い、父にもそれを宣言する場面がある。父親のもとを去った後、お玉は不忍池の脇を歩いて帰る。

> たよりに思ふ父親に、苦しい胸を訴へて、一しよに不幸を歎く積で這入つた門を、我ながら不思議な程、元気好くお玉は出た。切角安心してゐる父親に、余計な苦労を掛けたくない、それよりは自分を強く、丈夫に見せて遣りたいと、努力して話をしてゐるうちに、これまで自分の胸の中に眠つてゐた或る物が醒覚したやうな、これまで人にたよつてゐた自分が、思ひ掛けず独立したやうな気になつて、お玉は不忍の池の畔を、晴やかな顔をして歩いてゐる。
>
> 　もう上野の山を大ぶはづれた日がくわつと照つて、中島の弁天の社を真つ赤に染めてゐるのに、お玉は持つて来た、小さい蝙蝠をも挿さずに歩いてゐるのである。（「拾壱」）

あかあかと日が照らしているのに、お玉は蝙蝠傘もささずに歩いている。よほど高揚感に満ちているのだろう。

ここでは、自己というものを見出そうとする、すぐれて近代的な個の発現が、お玉の身にもささやかながら起こっているのである。そして、お玉の小さな挑戦をじっと見守る池の存在も認められる。

さきほど、自然は人間とほどよい距離があるからこそ、人間の感情を相対化してくれると述べた。

ここでも、池はお玉の感情とは無関係に存在していることで、かえって鏡のようにお玉の心を照らし出し、それによってお玉の感情をあたたかく包み込んでいるのではないかと思われる。

「僕」と岡田の交友を見つめる不忍池

お玉が岡田を誘うように見つめる山場の後、「僕」と岡田は不忍池に出る。すると、そこには石原という学生がいて、雁にまで石が届くかと尋ねる。逃がしてやろうとして岡田が石を投げると、命中してしまった。その部分を以下に引こう。

「こんな所に立つて何を見てゐたのだ」と、僕が問うた。

石原は黙つて池の方を指ざした。岡田も僕も、灰色に濁つた夕の空気を透かして、指ざす方角を見た。其頃は根津に通ずる小溝から、今三人の立つてゐる汀まで、一面に葦が茂つてゐた。其葦の枯葉が池の中心に向つて次第に疎になつて、只枯蓮の襤褸のやうな葉、海綿のやうな房が碁布せられ、葉や房の茎は、種々の高さに折れて、それが鋭角に聳えて、景物に荒涼な趣を添へてゐる。この bitume 色の茎の間を縫つて、黒ずんだ上に鈍い反射を見せてゐる水の面を、十羽ばかりの雁が緩やかに往来してゐる。中には停止して動かぬのもある。

「あれまで石が届くか」と、石原が岡田の顔を見て云つた。

「届くことは届くが、中るか中らぬかが疑問だ」と、岡田は答へた。

「遣つて見給へ。」

岡田は躊躇した。「あれはもう寐るのだらう。石を投げ附けるのは可哀さうだ。」

石原は笑つた。「さう物の哀を知り過ぎては困るなあ。君が投げんと云ふなら、僕が投げる。」

岡田は不精らしく石を拾つた。「そんなら僕が逃がして遣る。」つぶてはひゆうと云ふ微かな響をさせて飛んだ。僕が其行方をぢつと見てゐると、一羽の雁が擡げてゐた頸をぐたりと垂れた。それと同時に二三羽の雁が鳴きつつ羽たたきをして、水面を滑つて散つた。しかし飛び起ちはしなかつた。頸を垂れた雁は動かずに故の所にゐる。

「中つた」と、石原が云つた。そして暫く池の面を見てゐて、詞を継いだ。「あの雁は僕が取つて来るから、其時は君達も少し手伝つてくれ給へ。」(「弐拾弐」)


もう蓮は枯れてしまっている。ものさびしい雰囲気が漂う中、雁たちに危険が迫る。岡田は雁を逃がしてやろうとして石を投げるものの、その石に当たって雁は死ぬ。これは、岡田が意識せずにお玉の願望を消滅させてしまったことを象徴する出来事なのである。「ぐたりと」という擬態語が行為の残酷さを物語っている。

なお、「bitume」はフランス語でアスファルトを意味し、ここでは黒色もしくは濃褐色のことである。

この小説の枠内で見ると、お玉の岡田への思いは遂げられず、お玉の悲劇で終わるように見える。しかし、はたしてそうだろうか。運命に翻弄されつつも、お玉は徐々に自己というものを見出していくわけだし、小説の後半で、すでに末造はお玉によって手玉に取られつつある。この後、時を経て、「僕」が出会った時のお玉はそれなりの生活を送っているからこそ、つまり自分の人生にそれなりに満足(あるいは納得)しているからこそ、過去の出来事を「僕」に語ったのであろう。そういう意味では、岡田の心を女の魅力によって摑み、妾という囚われの身から脱出しようとした試み自体は失敗したけれども、お玉にもお玉なりの希望が残された終わり方のようにも捉えられるのではないか。

さて、「僕」と岡田は池を一周することになり、弁財天の鳥居の前を通る時に、「僕は君に話す事があるのだつた」と言い出して、洋行することを打ち明ける。いつも眺めていた池の周辺だからこそ、どこか心に余裕を持って、自己の境遇と感懐を打ち明けることができたのではないか。「所詮官費留学生になれない僕が此機会を失すると、ヨオロツパが見られないからね」という本音は、不忍池という見慣れた光景の中でないと漏れて来なかったのではないか。心を開いてくれた岡田とのやり取りによって「僕」の心もあたたかく包まれていくのだろう。そんなふうにも考えてみたい。

再び元のところに戻って来た「僕」と岡田は、石原が死んだ雁を取りに池の中へ分け入っていくのを見る。

石原の踏み込んだ処を見ると、泥は膝の上までしか無い。鷺のやうに足を蹻(あ)げては踏み込んで、ごぼりごぼりと遣つて行く。少し深くなるかと思ふと、又浅くなる。見る見る二本の蓮の茎より前に出た。暫(しばら)くすると、岡田が「右」と云つた。石原は右へ寄つて歩く。岡田が又「左」と云つた。石原が余り右へ寄り過ぎたのである。忽ち石原は足を停めて身を屈(かが)めた。そしてすぐに跡へ引き返して来た。遠い方の蓮の茎の辺(あたり)を過ぎた頃には、もう右の手に提(さ)げてゐる獲(え)ものが見えた。(「弐拾参」)

突飛なようだが、私はこの場面を読むといつも、漱石『夢十夜』(明治四十一年作)の、女が百年待っていて下さいと言って死に、百年後に百合になって現れたという「第一夜」の最後の場面を思い出す。お玉も岡田を思って、不忍池で蓮になってしまったのではないだろうか。第二章「蓮見と料理茶屋」の「蓮の持つ文学的特質」でも述べたように、中国において蓮は女性の象徴だったのだから。

鷗外と水

医学生の岡田と妾のお玉の運命が交錯する物語を、池という視点によって読み直してきた。

ここでは、鷗外は他の小説でどのように水を表現しているか、という視点を導入して、改めて池の持つ意味を考えてみたい。先に着眼点を記しておくと、いくつかの有名な小説において、水というものが命と深く結び付いているのである。人は水なしでは生きていけないのだから当然のことなのだろう。ただし、水と言っても、海、川、沼、池といった形態の違いによって、命との関わり方は異なってもいる。

『妄想』では、白髪の主人――明らかに鷗外その人である――が海を眺めている。そして、朝の太陽がずんずんと昇っていき、主人は時間について考え、生死について考える。その後、留学仲間のドイツでの死、ハルトマンの哲学などを取り上げながら、自分には死への恐怖もなく、だからといって死への憧れもない、と述べていくのである。冒頭と最後に海が出てくることで、海は生死に深く関わるものとして描かれていることがわかる。

『山椒大夫』では、安寿(あんじゅ)と厨子王(ずしおう)の姉弟は、山岡大夫の策略によって、別の船に乗った母と直江の浦で生き別れとなり、山椒大夫の奴婢となる。二隻の船が次第に遠去かり、行く手に恐ろしい運命が待ち受けていると悟った女中姥竹(うばたけ)は入水し、母も後を追おうとするが、押しとどめられる。ここでの海も死へとつながっていくものだった。そもそも、人は主に陸地で暮らしているので、足が底に着かず行き先も定かでない海では、死への恐怖も実際の危険度も高い。

姉は志願して弟と同じ山での作業に赴き、弟に脱出のための知恵を授けて、自らは沼に身を沈めていく。そうすることで、女性として辱めを受ける運命を遮断し、また神仏に自らを供物として捧げ、弟を護持しようとしたのである。厨子王が「姉えさんのけふ仰(おつし)やる事は、まるで神様か仏様が仰やるやうです」と感じた時、安寿はすでに神仏と一体化していた。ここでの沼も生死の境を意味した。

『高瀬舟』は、京都の高瀬川を上下する小舟であり、そこに乗せられた罪人は、不治の病に侵された弟が自殺しようとしてできず、弟の頼みによって、それを叶えさせてやった兄だった。今日で言う、安楽死、尊厳死を扱った作品である。ひとところにとどまることなく流れていく、『方丈記』が無常の象徴とした川は、弟の死を語る場所としてふさわしい。

翻って、『雁』における不忍池はどうか。岡田の洋行、お玉の妾からの脱出といったそれぞれにとっての切実な人生上の出来事と相渉ってはいる。その点では、広い意味で命を司る場所と言えるのかもしれない。しかし、二人はそのことで死んだりはしない。池は、海ほど深く恐ろしいものではなく、川のように無常に流れもせず、沼のように妖しくもない。繰り返し述べてきたように、もっと文化的で生活に身近な存在なのである。しかしだからといって、人の心に及ぼすものが小さいとも言い切れない。先に『雁』のところで述べたように、ささやかな慰安効果を発揮するという、池にしかできない役割があるのである。

『ベルツの日記』

なお、鷗外が学んだエルヴィン・フォン・ベルツ(一八四九―一九一三)による『ベルツの日記』明治九年六月二十六日の条には、将来わが家となるこの家は坂の上にあって、そのすその大きい『不忍』池には無数のハスの花と、かわいい朱のお宮があります。向うの丘の眺めもすばらしく、そこは古い美しい『上野』公園で、今をさる僅か八年(!)前に維新の役の決戦が行われたところです。（菅沼竜太郎訳）

とある。ここでは、蓮の名所であること、上野戦争のことなど、これまでに指摘した点が記されている。明治初期に東京医学校に招かれて医学教育を行ったドイツ人にとっても、これらの事柄は印象的であったわけだ。なお、ベルツが来日したのは明治九年であり、右の日記の記述は日本に来て間もない時のものである。

ベルツは『雁』でも、プロフエッソル・ウエエに、ドイツ語も漢文も堪能な学生として岡田を紹介する教授として登場する。そのおかげで、岡田は洋行することができたのだ。

また、鷗外自身もベルツの授業を受けており、ドイツ留学時には帰国していたベルツとライプチヒで会ってもいる(『独逸日記』)。

『ベルツの日記』明治十二年六月六日の条は、上野精養軒でハインリッヒ親王歓迎の宴が開かれたことを記し、花火や食事、手品・曲芸に触れる。不忍池については、こうある。

最後に池の中で夜の花火が行われたが、それは、今までにこちらで見たうちで一番美しい花火だった。わが家の庭園のある、向う岸の加賀屋敷の丘は、照らし出されて池に映じ、まるで夢の世界のような光景を呈していた。

不忍池から打ち上げられた花火は、本郷台地をも含み込んで、あたりを輝かせた。ベルツは、日本に来てから最も美しい花火だったと称賛している。

もっとも、文明開化の時代の「宴」における花火というと、芥川龍之介の『舞踏会』(大正九年作)を思い出す。鹿鳴館で打ち上げられる「我々の生(ヴィ)」のような花火を、海軍将校はむなしさとともに見つめるのだった。不忍池の花火も、この将校——ジュリアン・ヴィオであり、ピエル・ロティであるところの——からは、そう見えるのかもしれないと思うと、複雑な気持ちになる。

2　近代詩歌と不忍池——新しい主題と伝統的な器

『雁』以外では、明治時代から大正時代にかけての文学作品は、どのように不忍池を描写しているだろうか。韻文について見ていきたい。

正岡子規らの句

正岡子規(一八六七—一九〇二)は、明治二十二年(一八八九)、二十二歳の年に、喀血が続き、養生のため不忍池近くに転宿している。この年、子規と号し、夏目金之助(漱石)とも親しくなった。

子規には、明治二十七年に詠んだ「不忍十景に題す」という俳句の連作十句もあり、その一句目は、

石橋の下に咲きけり蓮の花

である。「石橋」は、中島に至る途上にある。図50は、洋画家中村不折(一八六六―一九四三)の挿絵である。

図50 「弁天祠前の石橋」(『子規全集』第12巻)

子規を中心とする日本派の代表的な俳句撰集『春夏秋冬』(明治三十四―三十六年刊)には、

1 不忍に鷁首の船や春の風　子規
2 不忍や水鳥の夢夜半の三味　碧梧桐
3 不忍の鴨寐静まる霜夜かな　子規

などの句が収められている。1の「鷁首の船」は、想像上の水鳥鷁の首の彫り物を付けた船で、祭礼のため船上で楽を奏でる。この場合は、屋形船を指すのであろう。2の作者河東碧梧桐は、高浜虚子と並ぶ子規の高弟である。水鳥が波

間に浮かぶ冬の夜、池畔の料亭から三味線の音が響いて来る。3は、やはり冬の夜で、霜が降りる中、鴨も眠りに入って、あたりが静かになったと詠む。それぞれの季節に応じて風情がある様子は、江戸時代と変わりない。

樋口一葉の歌

樋口一葉には、次のような歌がある。

月前眺望

しのばずの池のおもひろくみゆる哉うへの丶岡に月はのぼりて　（四季恋雑園のわか艸）

歌題「月前眺望」は、月の光が照らしている景色という意味である。歌意は、不忍池の水面が昼間よりも広々と感じられることだ、上野忍岡に月が高く差し昇って。池の面を月光が照らすことで、その姿もくっきりと浮かび上がり、大きさも感じさせられる、ということであろう。

夜の方が池の広さを感じられるという点は、上田敏の著した唯一の小説『うづまき』(明治四十三年刊)にも、

梟が鳴く御霊屋の森を後にして、春雄は薄暗い公園の木立を通抜け、東照宮を横に見て、もう

門並に燈の入つた広小路の方へ歩いて行つたが、弁天の社と相対した石段の上に立停つて、不忍の池の光景を眺めた。此時冬の日はとつぷり暮れて、龍岡町の森も、本郷台も、星月夜の下に黒く静まり返つてゐる其上に、ごく薄い夕霧の名残が、まだ低く纏つてゐる所為で、池は昼間よりもずつと広く暗の中に広がつて見え、(下略)

とあり、一葉独自の感じ方ではなかったらしい。もっともここは、暗がりの中の池だが。

なお、月光が池を照らすという美意識自体は、古典和歌においても広沢の池が月の名所として知られていたし、俳諧でも芭蕉に「名月や池をめぐりて夜もすがら」(『孤松』)の句があり、古くから定着しているものであった。

与謝野鉄幹の詩

つづいて、近代詩に目を転じてみよう。与謝野鉄幹(一八七三—一九三五)の詩集『紫』(明治三十四年刊)には、「敗荷」と題する作品が載っている。「敗荷」とは、秋になって風によって吹き敗れた蓮の葉を言い、わびしい秋の風情を表す。

この詩は鳳(与謝野)晶子(一八七八—一九四二)と山川登美子(一八七九—一九〇九)と初めて出会った明治三十三年に詠まれたものだった。初出は同年十一月の『明星』である。詩中の「人」には諸説あるが、登美子を指すと考えておきたい。まず、詩の本文を掲げる。

夕(ゆふべ)不忍の池ゆく
涙おちざらむや
蓮(はす)折れて月うすき

長酡亭(ちょうだてい)酒寒し
似ず住の江のあづまや
夢とこしへ甘きに

とこしへと云ふか
わづかひと秋
花もろかりし
人もろかりし

おばしまに倚(よ)りて
君伏目(ふしめ)がちに
嗚呼(ああ)何とか云ひし

蓮に書ける歌

やや遠回りになるが、右の詩は、明治三十三年における鉄幹・晶子・登美子の恋愛関係を反映しているので、関連するいくつかの事実を確認しておこう。

まず八月に、前年に結成され、自らが主宰する新詩社運動を拡大すべく鉄幹は中国・関西地方に赴き、同月三日に大阪に到着した。ここで、晶子・登美子と初めて出会うのである。鉄幹は講演会などを行った後、同月九日には住吉神社で、晶子・登美子とともに池の蓮の葉を手折って、葉の裏にそれぞれが歌を書き付けて興じている。ここに師を慕い、愛を争ういわゆる三角関係が成立した。そして、十一月に妻滝野との離婚問題で苦悩していた鉄幹は再び晶子・登美子を伴い、京都永観堂の紅葉を鑑賞し、粟田山の旅館に三人で宿泊する。この後、登美子は鉄幹を慕う気持ちを断ち切り、親の決めた結婚を受け入れることになる(登美子は結婚の翌年夫と死別し、彼女自身も三十一歳の若さで没する)。

では、鉄幹の詩に戻って、どのような思いが込められているのか、確認していこう。

「夕不忍の池ゆく／涙おちざらむや／蓮折れて月うすき／長酡亭酒寒し」では、秋も深まった十一月に、大阪で出会った女性たちを思い、晩秋のさびしさも手伝って、さめざめと涙を流す鉄幹の姿が描かれる。すでに蓮の茎も折れている。不忍池畔にある料亭「長酡亭」で酒を飲んでも寒さが感じられるのは、寒い季節であることに加えて、心が悲しみに満ちているからである。その悲しみの原因とはなにか。それはもう少し後で述べられる。

「似ず住の江のあづまや／夢とこしへ甘きに」、これは大阪での二人の女性との甘く楽しい日々を言う。「住の江」とは住吉神社のことである。そこでの蓮の葉をめぐる戯れがあまりに魅力的だったので、永遠に続いてほしいと思われた。それに比べて、今不忍池の料亭で酒を飲む自分の心はなんと悲しみに満ちていることか。

「とこしへと云ふか／わづかひと秋／花もろかりし／人もろかりし」、いつまでもそうあってほしいと願った三人の関係も、ひと秋でもろくも崩れ去ってしまった。「花」は蓮の花であり、女性の顔色もきかせる。「人」は先に述べたように登美子であろう。彼女は結婚へと傾き、鉄幹・晶子とともに愛の世界に生きることから逃れてしまった。この詩が発表された同じ『明星』に載る鉄幹の詩「山蓼（やまたで）」に登美子の結婚について「ちひさき人よ／御手ゆるせ／悶（もだ）えに／狂ひに／一夜泣かむげに夢ぞ／げに幻ぞ／高かりし／清かりし／美しかりし／脆（もろ）かりし　あゝ今知る」と歌う箇所があり、やはり「脆かりし」とある。したがって、「人もろかりし」の「人」も登美子なのであろう。

「おばしまに倚りて／君伏目がちに／嗚呼何とか云ひし／蓮に書ける歌」、住吉神社の欄干に寄り掛かって、伏し目がちに蓮の葉の裏に歌を書き付けた登美子のなんと美しかったことよ。その登美子はもう結婚の道を選んでしまったのだ。ここに鉄幹の悲しみの原因がある。

以上を詩の内容に即して再度まとめよう。

鉄幹は、今は東京の不忍池の料亭で酒を飲んで、破れた蓮の葉を眺めている。それにつけても、数か月前、住吉神社で晶子・登美子という若くて美しい、そして自分を思慕する女たち二人と戯れに蓮の葉の裏に歌を書き興じたことが思い出される。あれはなんと恍惚とした日々だったことか。もう蓮の葉も衰えてしまったし、登美子も結婚してしまう。あの魅力的な登美子のさまが偲ばれて、鉄幹はさめざめと涙を流すのである。

ここでは、不忍池の蓮が衰えていく自然のさまと愛の営みに綻びが生じていく人間のさまとが重ね合わせられているわけだ。

『社会主義詩集』

詩人児玉花外(こだまかがい)(一八七四—一九四三)の『社会主義詩集』(明治三十六年に印刷されたが、発売禁止となる)から、貧富の差を詠じた詩を引用しよう。内容は深刻なのに、七五調で調子がよく、その不釣り合いさがかえって印象を強めている。

壁一重

雲また雨か白露の
悲々惨々の人生(ひとのみ)や
得意、失意の夢の道
辿る浮世の切通(きりどほし)

上り下るや坂の人

坂に連なる岩崎家
黄金（こがね）の日には銀の月
帝都の中に城（しろ）郭のごと
春は柳に夏は蓮
照るや、不忍池の畔（はた）

同じみ空の下に生き
内に世の苦を知らず顔
華族平民壁一重
外に家なき立（たち）ン坊が
凍えを雪に顫（ふる）ふなり。

不忍池畔には岩崎邸があり、そのことが栄える者の象徴として意識される。その一方、貧しい人々が暮らすところでもあった。両者はまさに「壁一重」なのだ。

岩崎邸（図51）は、江戸時代は越前高田藩榊原氏の中屋敷があった場所を明治十一年に岩崎弥太郎（やたろう）

が購入して、明治二十九年に建てられたもので、設計者は先に述べたように、イギリス人のコンドルである。『雁』にも、明治十三年には「まだ今のやうな巍々(引用者注・高く大きいさま)たる土塀で囲つてはなかつた」と記されている。そして、『雁』における医学生と妾といった対立も、この花外の詩と似たような問題を扱っていると言えるだろう。

なお、岩崎邸は今日も残されており、誰でも見学することが可能である。大きなベランダが非常に印象的である。

図51　岩崎邸

右に挙げた近代詩二首のうち、鉄幹は恋愛、花外は貧富の差を主題としていたわけだが、不忍池における蓮はどちらにも描かれていることに注意したい。近代の作品が自らの課題を追究する際にも、人々の脳裏に深く刻み込まれていた、不忍池と蓮という伝統的な組み合わせがその中に描かれていることで、表現に厚みを加えていたと言えるだろう。

言い換えると、そもそも明治を生きる人々にも不忍池と蓮という組み合わせに江戸的情緒を感じ取るという感覚が歴史的に備わっていた。だから明治になって新たに作られた作品に不忍池と蓮が描かれることで、読み手は江戸と現在が二重写しになっていると捉えることができる。それが表現の厚みということなのだ。

金子薫園の歌

明治時代の代表的な歌人の一人金子薫園(かねこくんえん)(一八七六―一九五一)の第一歌集『かたわれ月』(明治三十四年刊)にも、不忍池についての歌が六首載っている。

はちす見に不忍池にものして

1 うすもやにつつまれはてし池の面(おも)のいづこなるらむ蓮ひらくおと

2 白蓮(しらはす)のひらくをききてさまよへるこのあかつきのすが〳〵しさよ

3 亡き母のいます御国(みくに)のすゞしさをうつつにむすぶはちす葉の露

4 しら蓮のかげにねむれる一むれの鴨ぞよりくるわが足もとに

5 人ならば歌をたまへといひてまし君がながむるしらはすの花

夕すゞみに不忍池をめぐりて

6 あす咲かむつぼみも見ゆるはちす葉の露にすゞしくやどる月かな

1、池が薄靄にすっぽり包まれているため、蓮の開花した音がしても、それがどこなのかわからない。前述したが「蓮ひらくおと」は俗説に過ぎず、実際にはしない。

2、白い蓮の花が開く音を聞いて、花のありかを探し求めてさまよう。この夜明け方は実にすがすがしいことだ。「さまよへる」という作者主体が強く感じ取れるところ、「すが〳〵しさよ」と感情を率直に表すところなどから、近代性が感じ取れる一首と言える。逆に、夜明け方に蓮を観賞するのは江戸以来の伝統である。

3、亡母のいらっしゃる極楽(「御国」)の涼しさを、蓮の葉に置かれている露が、現世にいながら繫ぎ合わせてくれる。蓮の葉から極楽の蓮華の台座を連想し、亡き母を思う。蓮から極楽を思うこと自体は古典的だが、「亡き母のいます御国」という表現は口語的で近代性を感じる。

4、白い蓮の花の陰に眠っていた一群の鴨が寄って来た、私の足もとに。「わが足もとに」というところも近代的な「私」の意識を感じる。

5、もし蓮が人だったならば、歌を一首お詠みなさいと言いたいものだ、あなたの眺めていることの白い蓮の花に。「人ならば」は、「住吉の岸の姫松人ならば幾世か経しと問はましものを」(古今集・雑上・読人不知・九〇六番)、「小黒崎みつの小島の人ならば都の苞にいざと言はましを」(古今集・東歌・一〇九〇番)などに見える伝統的な表現である。

6、明日咲くであろう蕾も見える、蓮の葉の上に置かれた露には、月光が涼しく映じている。露に月光が映じるとするのも古典和歌の技法である。

薫園の歌では六首すべてに蓮が詠み込まれている。不忍池と蓮という江戸以来の組み合わせが踏襲されているわけだ。その一方、主体性や口語性を含み込む点で、近代的な特質を示しているとも言える。そこが、『江戸名所和歌集』の歌々(七七頁)との決定的な違いである。

なお、個人的には、3歌が、ことばがよく凝縮されて引き締まった感じが創り出されており、最も訴えてくるものがある。

明治天皇の歌

上野公園や不忍池畔にしばしば臨幸した明治天皇は和歌が好きなことでも知られ、不忍池を詠んだ歌も残されている。いずれも『類纂新輯明治天皇御集』(明治神宮編)より引用した。

不忍の池の上野の桜ばなかげをうつして今やさくらむ　(二二八四番)
不忍の池のはちすの花やみむ上野のをかに夕すずみして　(五七二八番)
不忍の池のはちすの葉がくれにおりたつ鷺の数ぞしられぬ　(六四〇番)
不忍の池の蓮の花ざかりまだみぬさきに夏もすぎにき　(三四一八番)
不忍の池のはちすも散りはてて上野の松に秋風ぞふく　(二四一六番)
不忍の池の蓮は実になりて上野の岡に秋風ぞふく　(三四〇二番)

これらからは、薫園のような主体性や口語性は感じられない。むしろあまり意匠を凝らさず、事実をそのまま描写しているという体である。穏やかで素直な詠み振りに終始しているとも言えよう。

そして、ここでも不忍池と蓮という結び付きは強い。

昭憲皇太后の歌も一首挙げておく。

不忍の池の水鳥さわぐなり桜が岡のけさのふぶきに　（類纂新輯昭憲皇太后御集・三一九二番）

「桜が岡」は上野忍岡を言う。歌の形としても上下のつながりがよく、なめらかな感じがする。

3　重なり合う〈江戸〉と〈明治〉――継承される美意識

〈型〉としての不忍池と蓮

散文に戻って、明治時代の小説から、幸田露伴『五重塔』（明治二十四―二十五年刊）と島崎藤村『春』（同四十一年刊）の一節を挙げておこう。

紅蓮白蓮の香ゆかしく衣袂に裾に薫り来て、浮葉に露の玉動ぎ立葉に風の軟吹ける面白の夏の眺望は、赤蜻蛉菱藻を嬲り初霜向ふが岡の樹梢を染めてより全然と無くなつたれど、赭色になりて荷の茎ばかり情無う立てる間に、世を忍び気の白鷺が徐々と歩む姿もをかしく、紺青色に暮れて行く天に漸く輝り出す星を背中に擦つて飛ぶ雁の、鳴き渡る音も趣味ある不忍の池の景色を下物の外の下物にして、客に酒をば亀の子ほど飲ませる蓬萊屋の裏二階に（下略）（五重塔）

斯様な話をして行くうちに、二人は雑然並んで生えて居る古い常磐木の下に立つた。高いところからは暗い葉が垂下つて居る。その木と木の間を通して、不忍の池が見える。枯々とした蓮の葉の残つた光景も見える。下谷から本郷台へかけて、対岸の町々は夕方の明い色の中にあつた。（春）

ここにも、不忍池の蓮が持ち出されてきており、近代小説でも不忍池と蓮の組み合わせは〈型〉として機能していることがわかる。その最も代表的な例を次項で取り上げたい。

永井荷風

明治四十一年、アメリカ・フランスでの生活を終えて帰国した永井荷風（一八七九―一九五九）は、その翌年、不忍池を扱った『曇天』という短編を発表している。

これは、「衰残、憔悴、零落、失敗。これほど味ひ深く、自分の心を打つものはない」と始まり、松の大木の立派さを憎み、むしろ不忍池一面に浮いている破れ蓮が物哀れで、懐しく感じたとする。その箇所を以下に引こう。

松の大木は如何なる暴風、如何なる地震が起つても倒れはせぬ。如何なる気候の寒さが来ても枯れはせぬと云はぬばかり、憎々しく曇天の空に繁り栄えて、自分が其の瞬間の感想に対して、驚くほど強い敵意を示すもの丶如く思はれた。すると、其の憎らしい幹の間から、向うに見下す不忍の池一面に浮いてゐる破れ蓮の眺望が、その場の対照として何とも云へず物哀れに、乃ち、何とも云へず懐しく、自分の眼に映じたのである。敗荷、あ丶敗荷よ。

西洋的なものに影響を受けつつも、江戸的なものにも惹かれた荷風にとって、そして近代文明を批判し隠者的な生き方を強めていくことになる荷風にとって、弱くはかない破れ蓮への親近感を抱くことはきわめて自然であったろうし、また不忍池と蓮といういかにも江戸的な土地と景物の組み合わせも好もしいものだったにちがいない。

同作では、他の箇所でも「見るも痛ましく枯れ破れた蓮の葉に対しては、以前よりも一層烈しい愛情を覚えた」とあり、

五重の塔や、石燈籠や、石橋や、朱塗の欄干にのみ調和する蓮の葉は、自分の心と同じやう、到底強いものには敵対する事の出来ない運命を知つて、新しい偉大な建築(引用者注・博覧会の建物)の前に、再び蘇生する事なく、一時に枯れ死して、わざ〳〵、ふてくされに、汚い芥のやうな其の姿を曝してゐるのであらう。

とも述べて、古く価値のないとされるものへの郷愁や親近感を表明する。大正四年(一九一五)に刊行された『日和下駄』という東京市中の散策を気ままに記した作品でも、

不忍の池に泛ぶ弁天堂と其の前の石橋とは、上野の山を蔽ふ杉と松とに対して、又は池一面に咲く蓮花に対して最もよく調和したものではないか。これ等の草木と此の風景とを眼前に置きながら、殊更に西洋風の建築又は橋梁を作つて、其の上から蓮の花や緋鯉や亀の子などを平気で見てゐる現代人の心理は到底私には解釈し得られぬ処である。

とする。不忍池は江戸当時のままにしておくのが風情があってよく、博覧会や競馬などによって近代的な建築が池畔に並ぶことを嫌悪するという記述は、先に引いた石橋忍月の『一喜一憂捨小舟』における箱田の発言と通じるものがある。明治・大正時代になっても、むしろ反近代の立場から、江戸的なものの風情が残っていることをよしとする考えは根強く存在していた。不忍池の蓮は、そのことを人々に喚起させる一つの象徴的なありかただったのである。

四十二年間にわたって書き続けられた、荷風の有名な日記『断腸亭日乗』の大正八年十月十日の記事にも、「已むことを得ず車を下り雨を山王台の茶亭に避く。日は暮れむとして不忍池の敗荷蕭々として晩風に鳴るを聞く。寂寥愛すべし」とあり、そこでも「寂寥」に高い評価を与えている。そして、二十年以上を経て、同じ日記の昭和十五年(一九四〇)七月十二日、太平洋戦争直前の

記事では、「蓮の花も甚小く其葉も亦小さく茎も細くして水上わづかに二尺(引用者注・約六十センチ)ほどの高さなり」として、昔からある蓮の葉とは異なっており、「時勢の変化草木に及ぶ。恐るべく悲しむべし」と記されている。

不忍池――江戸から明治へ

不忍池の周辺は明治時代になって、ずいぶん変化したと言ってよいだろう。

江戸時代にあったもので受け継がれなかったもの、それは『江戸名所図会』の挿絵(図24)に描かれたような、のどやかさだったのではないか。明治時代になっても池畔に料亭自体はあったので、ここで言いたいのはむしろ、絵から感じ取れる、ゆったりとした時間の流れのようなものなのである。

一方、明治時代に入ると、池畔に文化施設が建ち並び、公的な性格を帯びるようになる。博覧会場や競馬場になったことによって自然が大きく損なわれもした。また、身分や貧富の差といった社会的な問題を露わにする場としての特質もせり出してくる。

しかし、この池が蓮の名所であるという美意識はさほど動かず、江戸から東京へと変遷していく中で、むしろ強い連続性を表している。そして、その光景をなつかしみ愛しく思う人々もいた。当たり前だが、新しい時代になったからと言って、すべてが一新するわけではない。むしろ変わらず受け継がれるものがあることによって、文化的な基盤が強固に築かれていくと言えるだろう。

第六章　現代の不忍池へ

前章の最後にまとめのようなことを記したが、昭和に入っても、不忍池が蓮の名所であるという特質に変わりはない。ただ、不忍池と蓮の組み合わせが美意識の〈型〉として強固に作用していくというありかたは少しずつ薄らいでいくと言えるかもしれない。

明治時代、すなわち近代に入ると主に西洋的な影響によって個人主義がよしとされ、古典的な共同性はむしろ個性を発揮する上での障害と見なされるようになる。伝統的な美意識の〈型〉が効果を及ぼす範囲も徐々に狭められていくのである。とは言え、全くそれが失われてしまうわけでもない。

1　事件は池畔で起こる——モダン都市の中で

川端康成『帽子事件』

川端康成(かわばたやすなり)(一八九九—一九七二)にも、不忍池畔を舞台にした小品がある。大正十五年(昭和元年〈一九二六〉)、二十八歳の時に発表した『帽子事件』がそれで、『掌の小説』(新潮文庫、一九七一年)に収められている。

夏だつた。朝毎に上野の不忍池では、蓮華の蕾が可憐な爆音を立てて花を開いた。という一文から始まる。弁天堂につながる観月橋は涼み客で満ちている。池の蓮の葉の描写は、こうだ。

池に写る月を二尺の金鱗の魚に見せる微風がある。でも、重い蓮の葉を裏返す程の風ではない。

月がなぜ金鱗の魚に見えるのか。それは、微風によって小波が立ち、水面に映じる月が揺らめいて魚の形に見えるからなのだ。見立ての技法が用いられているのである。新感覚派の表現とも言えるかもしれないが、むしろ、江戸時代中期のすぐれた詩人服部南郭の有名な詩句「江揺らぎ月湧きて金龍流る(川の水が揺らぐにつれて月が水底から湧き上がり、あたかも金の龍が流れているかのように思われる)」(『南郭先生文集』初編所収「夜、墨水を下る」)に学んでいるのではないだろうか。

さて、そのような池畔で、麦藁帽子を池に落としてしまった若い男がいた。すると、片一方の手を持ってあげるから帽子を拾うようにと勧める、痩せた男が現れた。あまりにしつこいので、帽子を落とした若い男が仕方なくそうすると、手を握っていた痩せた男はぱっとそれを放してしまい、若い男はどぶんと池に落ちてしまった。さらに、見物人たちも後ろから押されて何人も落ちてしまう。すると、痩せた男は「カンラ、カラ、カラ、カラ、カラ……。」と高笑いをしながら走って去っていったのである。人々は「上野の山の天狗だ。」「不忍池の河童だ。」と言い合った。

ここで不忍池は天狗や河童のようなあやかしが出る場所として描かれている。

大雑把にまとめてしまうと、不忍池について印象的な作品がある鷗外、荷風、川端といった作家たちには、日本古来の文化に対して造詣が深いという点で、共通するものがある。彼らが不忍池に対して愛着を寄せているのも、偶然の産物ではないかもしれない。江戸時代らしさを象徴するような〈不忍池と蓮〉という美意識の組み合わせは、近代化に反発を感じる作家たちが日本的な価値を称える上で、恰好な素材となっているのではないだろうか。

江戸川乱歩『目羅博士』

江戸川乱歩(えどがわらんぽ)(一八九四―一九六五)が昭和六年(一九三一)に発表した『目羅(めら)博士』(原題は「目羅博士の不思議な犯罪」)にも、不忍池が登場する。

乱歩は、大正十年代に『二銭銅貨』『心理試験』『屋根裏の散歩者』などを発表し、日本の探偵小説の礎を築いたが、昭和二年に『一寸法師』を発表した後、自信をなくし、休筆宣言をして放浪の旅に出てしまう。同三年には再び『陰獣』を発表したものの、同四年に発表した『芋虫』が反軍国主義と見なされ、全編削除となった。『目羅博士』はその二年後に発表された作品である。

この小説では、探偵小説の筋を考えるために、上野の動物園をぶらついていた「私」が、髪を長く伸ばした青白い顔の青年に出会って、日も暮れ切った時刻に、不忍池の畔で彼の話に耳を傾けるところから始まる。青年が指さす眼下には、「いぶし銀の様にかすんだ、昼間の二倍の広さに見える不忍池が拡がつてゐた」(昼より夜の方が大きく感じられるという記述は、樋口一葉の歌や上田敏の小説『うづまき』にもあった)。

彼は問う、「昼間の景色が本当のもので、今月光に照らされてゐるのは、其昼間の景色が鏡に写つてゐる、鏡の中の影だとは思ひませんか」と。

池は鏡であるということ自体は、古典和歌にも詠まれる伝統的な発想である。この場合、夜の景色は昼の景色が鏡に映ったものだというところが独自と言える。そして、この月光こそが、これから語られる恐ろしい殺人事件の真犯人なのである。語っている青年自身も「鏡の中の影の様に、薄ぼんやりした姿」で、「こゝのベンチに腰かけて、妖術使ひの月光をあびながら、巨大な鏡に映つた不忍池を眺めながら、お話ししませう」と言うので、「私」は「池を見はらす高台の、林の中の捨て石に、彼と並んで腰をおろし、青年の異様な物語を聞く」ことになった。

殺人事件自体は特に池とは関わりがないので、簡単に述べてしまうと、目羅博士という狂気じみた人物が用意した蠟人形の動きを模倣して、向かい側の部屋にいた人間が縊死自殺をする、それを逆手に取って青年は目羅博士を殺してしまった、というものである。月光の妖術によって、鏡のような池に光景が映し出されるのと同じく、人も相手の行為を模倣してしまうのだ。

小説の最後で青年が立ち去る場面は、乱歩の『押絵と旅する男』(昭和四年発表)を思い出させる。『目羅博士』の主題は、月光の妖しさにある。しかし、それをめぐる怪奇的な事件が、夜の池という闇に閉ざされた空間の中で語られていくことで、ある種秘密めいた匂いが醸し出されてくるのである。池がほどよい大きさを持っていて、それがゆえに人の心に調和しやすいという特質がここでも確認できるだろう。

それにしても、『帽子事件』といい、『目羅博士』といい、昭和初期の小説における不忍池は、なんと怪しげな場所であることか。一般的に池の周辺は夜になると薄暗くてさびしいので、妖しいものが出没するという印象を持たれやすいのだろうが、それだけではなく、時代的な何かも影響を及ぼしているかもしれない。だとすると大正十二年の関東大震災であろうか。それ以上のことについて言うべきものを持たないので、覚え書き風に記し留めておく。

北原白秋の詩

北原白秋(一八八五―一九四二)の「不忍の晩涼」という詩を見てみる。

この詩は、大正十五年(昭和元年)九月に『女性』に発表されたもので、昭和四年刊の『海豹と雲』に収録されている。ちなみに大正十五年五月に、白秋は上野谷中の天王寺近くに転居している。

詩題の次に小文字で「青春老い易し、さきの日の歓会いづくにかある」と添え書きしてあって、その後に本文が掲げられる。「歓会」とは、楽しい集まりの意味なので、友人たちと愉快に話した会合とも取れるが、一方、男女が同衾する意味もある。ここでは、後で述べるように「不忍」と「また求めず」が呼応している構造から考えて、後者で取ってみたい。

本文は以下の通りである。

さ緑の
まろき波、
みな、蓮の葉。

鮮かに
暮れのこる
こは不忍。

みな、涼し、
朱の楼も、
灯(ひ)も水ぎはに。

安けさや。
この空や、
来て眺めて。

ほのけさよ、
かすけさよ、
かの鵠（くぐひ）の羽。

早やむなし、
ただ遠し、
また求めず。

さ緑の
まろき波、
みな、蓮の葉。

「さ緑の／まろき波、／みな、蓮の葉。」が最初と最後に繰り返される。若草にも似た緑色の蓮の葉が水面に浮かぶさまの形容である。ここでも、まだ不忍池と蓮という組み合わせは生きている。「暮れのこる」とは、日が沈んでもこの池だけはまだほの明るいのである。夕暮れ時になっても池の形が鮮明に確認できる。意識がそこに集中されていく。

「こは不忍」とは、ここは不忍池だ、という文脈だけではなく、そのような名を持つ池の畔にいる私はもうあの人を忍ぶまいという意志表明と取るべきであろう。そして、「また求めず」と響き合うのである。

その後、弁天堂(「朱の楼」)や、空や、鵠——白鳥のこと——などが作者の目や耳によって感知され、むなしさが漂う中、手の届かないあの人をもう求めないと歌う。そして、蓮の葉に再び言及し、最も中心的な景物を確認して、詩の情緒は確定するのだ。

すなわち、恋しい人に逢えずさびしく日々を過ごす心情が、蓮をはじめとする池の涼しく安らかでかすかな風物たちによって慰められる、これが主題であろう。

泉鏡花『薄紅梅』

泉鏡花(一八七三—一九三九)晩年の昭和十二年に発表された小説『薄紅梅』には、鏡花同様尾崎紅葉に師事し二十五歳で天逝した小説家の北田薄氷(一八七六—一九〇〇)を髣髴させる人物として、中洲に住む月村京子が登場する。その京子が小説の上達を祈って、不忍池の弁天堂に参詣するという、印象的な場面がある。時は二月二十七日、大雪の朝のことである。弁天堂の描写を以下に引用しよう。

たてに、斜に、上に、下に、散り、飛び、煽ち、舞ひ、漂ひ、乱るゝ、雪の中に不忍の池なる天女の楼台は、絳碧の幻を、梁の虹に鏤め、桜柳の面影は、靉靆たる瓔珞を白妙の中空に吹靡く。

厳しき門の礎は、霊ある大魚の、左右に浪を立てて白く、御堂を護るのを、詣るものの、浮足に行潜ると、玉敷く床の奥深く、千条の雪の簾のあなたに、丹塗の唐戸は、諸扉両方に細めに展け、錦の帳、翠藍の裡に、銀の皿の燈明は、天地の一白に凝って、紫の油、朱燈心、火尖は金色の光を放つて、三つ二つひら〳〵と動く時、大池の波は、さながら白蓮華を競つて咲いた。

白雪の階の下に、唯一人、褄を折り緊め、跪いて、天女を伏拝む女がある。

ここでは、雪の白色を中心として、弁天堂を象徴する「丹」をはじめうすはなだ(「翠藍」)・銀・紫・金といったさまざまな色がちりばめられており、きわめて豊かな色彩感覚が発揮されている。とりわけ「大池の波は、さながら白蓮華を競つて咲いた」という、雪の舞う中、池に立つ波がまるで白い蓮の花のようだという比喩は美しく感じられる。

そして、雪景色でも蓮が想起されるところに、この池と蓮の結び付きを改めて感じ取ることができるだろう。

なお、新聞連載時の挿絵は、鏑木清方(一八七八—一九七二)が担当していた。清方も一時期本郷に住んでおり、「雁」という昭和二十六年に発表した随筆で、「不忍池へ下りてくる雁の声をきくのが秋更けた頃の大きなたのしみであった」と回想している。さらに、蓮や水鳥に言及する箇所を以下に引いておこう。

不忍の池は今と違って池も広く、蓮が一面に繁茂して、ところどころその絶間から水面が鏡のように白く光るのが殊さら際立って見えるほどだった。雁、鴨その他の水鳥が人里近くを忘れたように、その間を悠々と泳いでいる。

何に驚いてか鴨の群のパッと立つのは常に見るが、月のいい晩などに姿は見えずはるかな空に声がしたと思うと、うち群れて下りてくる雁の羽音、幽山が墨絵の姿をそのままに枯蓮の根をさわがして水に泛ぶ。

上空から雁の群れが下りてきて水面に浮かぶ光景を、私も見てみたい。

2　豊かさと郷愁——戦後の復興とやすらぎ

戦後の不忍池についても、いくつかの文章によって、その軌跡をたどってみることにしよう。

小島政二郎が見た戦後の池

鷗外や荷風に傾倒した小説家・随筆家として、小島政二郎(一八九四—一九九四)がいる。太平洋戦争の終戦を五十一歳で迎えているのだが、その数年後に書いた「戦後東京繁昌記　下谷・上野」(『場末風流』青蛙房、一九六〇年)の中で不忍池について触れている。

上野公園の近くに生まれた小島にとって、関東大震災や太平洋戦争によって打撃を被った東京の光景は、自分が生まれ育っていく過程で接したそれとは全く違うものになってしまった。不忍池もその例に洩れない。

その肝腎な樹木がまばらな上に、不忍の池に水がない。従って蓮がない。池を隔てた向うが岡——本郷台、これは焼けたのだからしかたがないが、樹木がない。焼け残ったあるいは火を被った建て物が、あからさまにその残骸を明るいまちの日の下に晒している。不忍の池に水がなく、蓮がなくて何があるかというと、田圃になっているのだ。

終戦後、ここまで確認してきたような、いわゆる江戸情緒を感じさせるようなものとして機能してきた不忍池と蓮という組み合わせはもはや存在していず、ただ田圃になってしまった。それだけ戦争の爪痕は大きかったのである(さらに、田圃を埋め立てて野球場にするという案も浮上した)。

小島は、こうも述べている。

もっとも、水を湛えて蓮の花が咲いていた頃も、今に比べれば美しかったというだけの話で、あれが中国だったら、あれが外国だったら、巧みに人工を加えてもっと美しい公園をこしらえていたであろう。

ここでの「人工」は、小島の言をかりれば、「しじゅう手入れを怠っていない」という意味なので、博覧会や競馬の建物があった方がよかったという意味ではない。

小島の語り口は全体に懐古的というか愚痴っぽいので、その分割り引かないといけないが、不忍池が戦前とは全く異なってしまったということは確かなようである。

後述するように、昭和末には地下駐車場問題も勃発する。不忍池もなかなか多難である。

芝木好子『不忍池』

下町の女性の哀歓を描いた、浅草生まれの芝木好子(一九一四―九一)は、昭和三十九年に『不忍池』という短編を発表する。

芸者の母を持つ、十三歳の女学生千賀子の多感に揺れ動く心が主題である。女中のはまとともに朝の蓮見に行く場面は、次のようになっている。

不忍池は蓮の葉で埋められていた。ひろく弧を描いた池の水面は乳色の靄におおわれながら、にぶい光の筋を空から引いて、朝明けのくるのを告げていた。はまのあとから千賀子は池のふちを回って歩いた。淡紅色の大輪の蓮の花が水面に咲いていた。

「もう咲いちゃったの?」

「ほら、音がしますよ」

ポッ、と立つ音が蓮の花の蕾から開花するときのものとされているが、千賀子には聞きとれない。目を凝しながら池をまわっているうちに、水中花はその数を増していった。

「あ、開きましたよ」

「どれさ、どれ、あっ、開いた!」

割れて淡紅色の花弁は初々しく誕生した。少女が薄化粧によそおった姿に似て写ると、はまは千賀子を振り向いた。色白ですらっとした少女は、大きな目の目尻が、黒い眉ともども、ほんの心もち下がっていて、受け口の唇が愛らしい。

早朝の蓮見や、開花の時の音を聴こうとする行為自体は伝統的、花弁と少女の美しさを重ね合わせるのは鮮やかな描写だが、蓮と女性の取り合わせは中国由来の伝統とも言える。

池波正太郎『不忍池暮色』

『剣客商売』などの時代物で知られる池波正太郎(一九二三—九〇)にも、昭和五十年に発表した

『不忍池暮色』という短編がある。

香具師の元締め羽沢の嘉兵衛は、目吹の弥吉に対して、ある人物を暗殺するよう指令を出した。標的は、浅草茅町の小間物問屋伏見屋長次郎の内儀お孝である。

お孝は大工の伊太郎と池之端仲町にある「よし本」という出合茶屋の二階座敷で逢引きを重ねていた。長次郎はそれが我慢ならず、妻の殺しを嘉兵衛に依頼したのである。

一方、伊太郎の女房お清も、夫の情事に心を痛めていた。思い余ったお清は穴稲荷のところで待ち伏せし、鰺切り包丁でお孝を刺し殺そうと考えた。すると、お清の目の前で弥吉はお孝を刺殺してしまったのである。そして、じつは弥吉は二年ほど会っていないお清の兄だったのだ。兄が人殺しを請け負う職業に就いていることなど知る由もないお孝は、兄も怨恨によって殺したのだと思い込み、自分の代わりを兄がしてくれたことに感謝するのだった。

第二章「蓮見と料理茶屋」で述べたように、池畔の出合茶屋は男女の密会の場でもあった。池波は、その知識に基づいて想像力を膨らませて、一編の物語を創り上げたのである。

内田康夫『上野谷中殺人事件』と地下駐車場計画

ノーベル医学・生理学賞受賞者であるコンラート・ローレンツ(一九〇三―八九)は昭和五十年に来日し、上野動物園を訪れた際、不忍池で繁殖中のカワウの集団営巣のさまを双眼鏡で眺め、「あなたたちは、何ものにもかえがたい宝物をおもちだ!」と感激したという(中川志郎『動物と私の交響曲(シンフォニー) 魅せられて六〇年』)。高度成長期にも、この池では豊かな自然が育まれていたのである。昭和も末の六十二年、一九八七年には、不忍池と上野公園一帯が都心では初めて鳥獣保護区に指定された。

しかしその一方、台東区と地元商店街は不忍池の下に地下三階の巨大な駐車場を建設する計画を進めていた(『読売新聞』同年三月十三日の記事に拠る)。

駐車場の候補地は、蓮が生えている池の部分で、水底を掘り下げて、乗用車二千台と大型バス六十二台が収容できる地下三階の施設を作ることになっていた。ただ、それについては自然保護団体から地下水脈に影響するのではないかという懸念も示された。

このことを題材にしたのが、浅見光彦シリーズなどで知られる推理小説作家内田康夫(一九三四—二〇一八)の『上野谷中殺人事件』(角川文庫、一九九一年)である。ちょうど東北新幹線が上野駅を通り越して、東京駅に乗り入れるようになった年に刊行されている。登場人物の一人が「議会や商工会あたりで、上野の衰退の原因は、駐車場がないためだという結論に達したらしい。あまりにも上野駅に依存しすぎて、車社会時代への対応を怠ったツケが、いまごろになって回ってきたというのだが、たしかに一理はあるかもしれないな」と語っている。それに対して、作家の森まゆみ氏を連想させる、『谷根千マガジン』を創設した繭美という女性が「谷中」「根津」「千駄木」は東京の原風景の最後の砦だと位置付けて、その原風景を侵害する計画に対して全力で抵抗しようとする。繭美が、これは「不忍池のいのちの問題なんだ」と言うせりふがそのことを象徴的に物語っている。

殺人事件自体は、池と関係ないので、ここでの説明は省略する。
なお、反対運動の成果もあって、今日に至るまで地下駐車場の建設は行われていない。詳しくは、森まゆみ『東京遺産』を参照されたい。

吉本隆明の愛した光景

評論家として著名な吉本隆明(よしもとたかあき)(一九二四―二〇一二)の『日々を味わう贅沢』(青春出版社、二〇〇三年)の中に「精養軒のビア・ガーデン」という小文がある。精養軒から不忍池を見下ろす光景のすばらしさを謳う前半部はそのまま引用しよう。

いま、上野の夏で一番好きで印象ぶかい風景はと訊(たず)ねられたら、精養軒の屋上で七月ごろから開店されるビア・ガーデンから、生ビールを傾けながら眺める不忍池の夕ぐれだと答えるとおもう。

すこし詳しく言うと、動物園とつづきの池水の方で、蓮の葉の青々と茂った方ではない。一度だけ弁天堂から渡り廊(ろう)を通って知り合いから案内されたことがある。その寺院風のお堂の前景になっている池だ。

もう不忍池の水鳥たちは渡っていってしまったのに、水上動物園に残っているかもの類が、半ば暗くなりかけた日没の池水に、静かな水紋を立てながら泳いでいる。そうかとおもうと、眠っているのか、池水に浮いたままじっとしている。中洲のところに上って休んでいる鳥もいる。

視線を少し上げると、駒込台よりもっと遠景に、池袋のサンシャインビルやその続きの建物が見える。左の方に視線をやると弁天堂の向こうに青々とした蓮池がひろがっている。

夜の闇に変るまでの束の間の光景といえば果敢(はか)ないが、何ともいえないほど魅力的だ。こんな静かないい風情を、ビア・ガーデンの金網越しに生ビールを飲みながら見られるのかとおもうとたまらない気がしてくる。

ここでは、特に夕暮れ時の光景が賞賛される。水上動物園のかもの類、青々とした蓮などが池にあるものとして愛でられ、池袋のビル群が遠望できることも肯定的に評価されている。蓮は特別に重要視されてはいないものの、指を屈せられてはいる。自然(かもなどの鳥)、現代性(池袋のビル)と並んで伝統性(蓮)も不忍池の価値に数えられていると言える。あるいは、自然(蓮・鳥)と文化(ビル)、江戸・明治(蓮・鳥)と現代(ビル)が融合している豊かさと言い換えてもいいだろう。

後半部では、吉本が気がかりに思っていることが記される。一つは、視力が減退した今年、はたして鳥が見えるかということ、もう一つは、長い間音信不通だった知人が不忍池で溺死したという知らせを受けたこと、である。後者について、もしかすると自死だったのではないかと想像し、ますます暗い気持ちになった。吉本自身が数年前に慣れていた海で溺れ死にそうになった体験も、その不安を助長している。しかし、その知人は小説を書いて活発に活動中だったとも聞いて、おそらく自死ではないのだと思い直し、安堵する。そして、ビア・ガーデンの帰りに知人が溺死した弁天堂の裏あたりで慰霊のため花束を投げ入れたいと思うに至る。

この吉本の文章の特に前半部を読んでつくづく思うのは、自己の安寧や不安などさまざまな感情を受け止めてもらうことで精神的な慰安を得られるという意味で、池はふさわしい場所だということだ。ほどよい大きさのため眼下に一望できる居心地のよさ、そして自然と文化、江戸・明治と現代がほどよく融合するバランスのよさ、それこそが池の、特に不忍池のすぐれた価値であろう。限定された空間の中に複数の価値が調和的に存在していることで、それぞれのよさを安心して味わえる。そんな妙味こそが池のもたらす幸福感を支えているのである。

なお、本章では現代の文学における不忍池を取り上げた。すべてを網羅的に扱えたかどうか自信がないのだが、今日の日本人、東京人にとってやはり不忍池の存在感は薄らいでいるように思う。東京国立博物館、国立西洋美術館、東京都美術館、国立科学博物館、東京芸術大学、上野動物園、東京文化会館といった文化施設が今日も健在である以上、上野の価値が全くなくなることは考えにくいが、渋谷・新宿・池袋や東京駅周辺には押され気味であろう。そして、そこに存在する不忍池という自然も東京に住む人々にはなじみがあるものの、注目度が高いとは言えまい。

不忍池だけの問題ではないけれども、過去の文化的な価値をどう未来につなげていくかは、不忍池にとっても重要な問題であるだろう。ただ過去を懐かしむだけではなく、未来にとっての意味も踏まえた上で、不忍池を再定義していく必要がある。本書では、それへの処方箋の一つとして、池の持つ普遍的な役割に言及してみたい。そうすることで不忍池の価値も将来的に高まっていくものと思う。そのことを「おわりに」で記すこととする。

おわりに――池の持っている力

池をめぐる人の世の移り変わり、そして変わらないもの

古代において、池は特権階級の所有物として庭園の一部であることも多く、またしばしば人工的に造られた。そのため文化的な要素も強く含まれることになった。

不忍池も、家康・秀忠・家光三代の将軍が帰依した天海僧正によって寛永寺が創建されたことにより価値が高まったという点で特権階級と関わりがあると言えるし、中島が築かれ、そこへの道が渡され、さらに新地が造られるなど、人工的な要素も加わった。そして、文化的という点では、江戸時代に多くの文学・絵画作品に取り上げられたことがそれを証していよう。明治時代以降、周辺に文化的な施設が造られたり、博覧会や競馬の会場になったことにも人工的・文化的な点は顕著である。

以上の点によって、不忍池もこれまでの池の歴史性を背負っていることが確認できる。

その一方、庶民の憩いの場として大いに発展したという点では独自であると言えるだろう。江戸時代を通じて、つまり十七世紀から十九世紀にかけて徐々に、不忍池と言えば蓮見だという通念が明確になっていき、それを観賞する娯楽的な雰囲気が生まれてきた。そのことは、名物の蓮

飯や料理茶屋などの存在によって確定する。時間軸に即して見れば、江戸時代初期には寛永寺という徳川家ゆかりの寺院の付属物として権威的な存在であったのが、中後期に至って料理茶屋が繁盛し、蓮飯が登場したことによって大衆性を帯びてきたのである。

江戸という都市が成熟し、江戸っ子という意識が確立していくのが江戸時代中期、十八世紀の中頃から後半にかけてであり、そういった社会的な変化と連動して、不忍池の大衆化も促進されていったのだ。

ただ、大衆化していく際にも、徳川家という社会的権威、寛永寺という宗教的権威、蓮という高雅な趣が失われることはなく、高級感と庶民性が共存するところに、不忍池をめぐる文化の奥行きの深さがうかがえる。

江戸時代の文学作品について確認してみると、和歌においては、やはり蓮が重要な景物であり、風によって涼しさを運ぶという風情が認められる。漢詩では、西湖に見立てられるという知的な技法が用いられた。そういった伝統性の強い高雅な文芸がある一方で、卑俗な要素が強く日常的な事柄を扱う文芸もあったところが、江戸時代の特徴である。川柳では出合茶屋における男女の逢瀬といった性的な話題が語られ、笑話でも弁財天がすっぽんの性的な欲望の対象となった。高級感と庶民性の共存は江戸時代の文化全体の特色でもあるのだ。

明治時代に至って、不忍池周辺は大きく変化した。まず維新の年に彰義隊が新政府軍によって討滅される上野戦争が勃発し、ここは多くの血が流れる陰惨な地と化した。その負の記憶を糊塗するかのように明治時代初めには池畔に文化施設が建ち並ぶ。個人の立身出世が目指され、欧化政策が尊ばれる中、身分や貧富の差といった社会的な問題を露わにする場としての特質も生じてくる。

しかし、この池が蓮の名所であるという美意識は動くことなく、江戸から東京へと変遷していく中で、むしろ強い連続性を有している。新しい時代になったからと言って、すべてが一新するわけではない。むしろ変わらず受け継がれるものがあることによって、文化的な基盤が強固に築かれていくと言えるのだ。ここで小林秀雄の主張を引こう。

> 一国の文化も、一人の人間の様に生きているもので、古いものと新しいもの、変らぬものと変るものとが、その中で肉体と精神の様に結ばれている。文化は、物が変化する様には決して変って行くものではない、人間が成長する様に発展して行くものだ。もし一国の文化にも人間の様に自覚能力があれば、自分の新しい一片の感覚にも、自分の古い全過去があると言うであろう。（『私の人生観』創元社、一九四九年刊）

近代の不忍池をめぐる文化にも江戸は息づいている。その連続性を最もよく表しているのが蓮という景物なのだ。明治の文化にも江戸があるからこそ文化に厚みが生じているのである。

池のもたらす慰安効果

以上のようにして、江戸時代から明治・大正を経て、昭和・平成に至るまで、人々は不忍池を眺めながら、蓮のある風景によって癒されてきた。池の周辺はずいぶん変化したと言えるかもしれない。しかし、蓮という共通性があるからこそ、変化があっても一筋の変わらないものを見出すことができるのである。

蓮は自然物でもあり、文化でもある。そして、蓮だけがそうなのではない。見てきたように、池自体が自然でもあり、文化でもあった。

自然物であるから、人間の感情とは異なった、もっと安定的ななにかを醸し出している。人間の側に喜怒哀楽があっても、それがそのまま投影されるのではなく、池の持つ安定性が緩衝物となって、やわらかく受け留めてくれるのである。一方、自然物であるから、四季折々にさまざまな表情を見せもする。それが人間の生活や感情に潤いを与えてくれる。

そこには、水というものが生命の維持と直接的に関係するという事柄も関わってこよう。では、海でも湖でもいいのか。いや、そうではない。大きすぎると心の揺らぎを受け止めてもらえないのである。だから、池には池にしかない働きがあると言うべきであろう。

そして、池は文化であることによって、人々の間で通用する、共通の観念を醸成してもいる。言わば美意識の型があることによって、誰もが感じ取ることのできる共同性が生じる。共同性を感じることは、自分が生きている社会や文化に連帯することでもある。さらに、その文化は高級感と庶民性という二層構造になっていることも確認できた。繰り返し確認しておくが、〈不忍池と蓮〉という結び付きが、文化の共同性を保証する最も象徴的な存在となっていた。

ここで結論を述べよう。

不忍池には、過去から現在まで変化しつつも、変わらないものが貫かれている、そして、自然と文化がほどよく融合しており、高級感と庶民性も共存している、そういった、過去と現在、自然と文化、高級感と庶民性といった対立項がむしろ高次に調和していることによって人の心は癒されるのである。そして、ほどよい大きさで眼下に一望できることが、限られた空間を創出し、安心感をいっそうもたらしてくれもする。

人間の生活に密着し、身の丈に合った大きさと居心地のよさによって、私たちの心を慰めてくれるもの、それが池なのであり、中でもその役割を最もよく果たしてくれるのは、歴史や文化との関わりを考慮に入れると、不忍池なのである。そのように不忍池を再定義することで、この池の未来における価値を称揚したい。

少し長めのあとがき——自然と文化、過去と現在、高級感と庶民性

芸大から上野駅へ

私はここ数年、自分が所属している日本近世文学会の事務局の運営に携わっていたのだが、会計・庶務担当で東京芸術大学におつとめの杉本和寛氏と打ち合わせるため、しばしば上野にある芸大を訪れることになった。自分の勤務先は目白駅近くにあるので、そこから山手線に乗り、日暮里駅で降りて、タクシーの初乗り運賃で芸大に到着することができる。

芸大キャンパスでは、ピアノの音が聴こえてきたりして、一般の大学にはない高級感が漂っている。そこで杉本氏としばらく今後の段取りなどを話し合い、その後、上野駅に向けて歩くのはとても楽しかった。

まず、東京国立博物館手前にある上島珈琲店に入り、豆乳カフェラテを注文する。なんとなく客層も上品な気がする。しばしくつろいだ後、上野公園内に向けて歩を進める。

左側には博物館が見える。特別展も充実していてよいのだが、常設展が楽しい。一階と二階それぞれをぐるりと一周すると、古代から近代までの豪華な展示物を一挙に見ることができて、日本の文化がこんなふうに変化して自分のところにまで届いているんだと感激する。仏像の前では、寺社

に詣でたのと同様にお祈りをする。また、国宝室ではどんな作品が展示されているのか、いつもわくわくする。さすがに芸大で打ち合わせた後に、ここに寄る元気はないので、残念だが遠望するだけにしておく。本当はその隣にある寛永寺にもお参りしたいのだが、体力的にむずかしい。

博物館前の噴水は、清々しい。芸大での打ち合わせが夜になった時は、ここから夜空を見上げると宇宙の大きさを体感できる。まわりに建造物が存在していないから、広々とした感じが味わえるのである。昼間は鳩が群れていて、踏みそうになる。実際には鳩が機敏に逃げるだろうけど。

国立西洋美術館も、常設展が充実している。東京都美術館は「バルチュス展」をはじめ楽しい展覧会が何度もあった。上野動物園には子どもの頃からなじみがあるが、高村光太郎の「ぼろぼろな駝鳥」を読んでから、あまり楽しめなくなった。動物園入口脇の鶯団子には、学生を連れてこの辺りを文学散歩で訪れる時には、必ず案内する。

そんなことを思いながら、上野駅へと抜けていくのである。

清水観音堂で思うこと

文学散歩の時は上野駅に集合し、東京文化会館の方から公園に入り、正岡子規記念球場の脇を通って、清水の舞台の裏を抜け、彰義隊の墓に詣でる。西郷さんの銅像を初めて見た人は意外に大きいと感心してくれる。

清水観音堂の舞台から不忍池を見下ろす時、気分が最も落ち着き、また最も楽しくなる。本書の中でも書いたが、一望のもとに池を見下ろし、自然と文化、過去と現在、高級感と庶民性を感じ取ることによって心が和むのだ。

そのことを少し詳しく書いておきたい。

私は、子どもの時から街中の暮らしに慣れているので、山奥に住んで自然と一体になって生きるというのは到底できそうにない。図書館、書店、文具店、喫茶店、小物を売る店、スーパー・コンビニ、病院・薬局などが近くにある都市の生活でないと心が落ち着かない。しかしその一方、アスファルトに覆われただけの空間もつらい。緑や水も生活の一部にあってほしいと思う。風の音、水の流れなどが根源的な生きる力を与えてくれるのだ。自然と文化の融合は、自分にとってはきわめて親和的なありかたであるし、多くの日本人にとってもそうなのではないだろうか。かつて『江戸詩歌の空間』(森話社)という拙著において、江戸時代には虫籠をはじめ蛍籠・花瓶・金魚鉢のように自然を切り取って来て生活の中に置く〈生活の中の自然〉という自然観が発達し、それはきわめてこの時代の生活と文化のありかたを特徴付けるものだということを述べた。そういった生き方は私にとっても近しいものだと思う。不忍池は上野という繁華な地にありながら、静かに水をたたえ、あたりには緑が残されている。まさに、自然と文化の共存する地なのである。

過去と現在は、どうだろう。私は昭和三十五年生まれなので、高度成長期とともに成長していった世代であり、昭和・平成という二つの時代に対する親しい気持ちはもちろん強い。自分の老後も含めて、日本の未来にもおおいに関心がある。その一方で、子どもの時から過去の時代に対する興味も強かったと思う。当時の小学生の男の子にありがちなことだが、織田信長や豊臣秀吉らの活躍する戦国時代が好きで、次いで源平の合戦と幕末の動乱の時代が好きだった。この選択はきわめて一般的であろう。日本が豊かになっていく現代の生活を実感しながら、織田信長が桶狭間の合戦で今川義元を奇襲する場面に心を奪われる。思うに、そのように過去と現在を行き来しながら、精神の均衡を保とうとしていたのではなかったか。現代人としての自分は学校や家庭で「いい子」でいることが求められており、それはそれで社会人としての良識を身に付ける上で必要なことだったかもしれないが、どこかでそういった枠組みから解放されたいと思うのも自然なことだろう。規範に拘束されてばかりではいられない。人によって手段はさまざまだが、私の場合は過去の時代に戻って別の人生を生きることがそれだったのだと感じる。また、こういうふうにも言える。人の一生は長くてせいぜい七、八十年であり、百年後には今生きているわれわれはほとんどいなくなる。しかし、歴史的な時間というものに心を寄せることで、もっと大きな時間の流れ――永遠とは言わないが、少なくとも人間の寿命よりははるかに長い悠久な時間――に参与することができるのだ。私が日本の過去の歴史に夢中になったのも、やがて古文と漢文が得意科目になったのも、大学に入ってから古典文学の研究をするようになったのも、有限の生しかない個が無限の時間の一部になりたいという願望のなせるわざだったのではないか。だから、不忍池を訪問する現在の時間も、江戸や明治から連なる時間の流れに接続しているのだと強く実感できる。

高級感と庶民性についても触れておく。自分のことばかり書いて申し訳ないが、一つの例としてお読みいただきたい。私は、絵を観るのが趣味で、特に好きなのは西洋絵画だと印象派で、なかでもルノアールの作品を観ると、この世を生きる喜びを感じ取れて最高に幸せな気分になる。本書冒頭で箱根に観光に行くと記したが、印象派の名品が数多く所蔵されているポーラ美術館では、仕事で疲れた心が解き放たれていくのが実感できる。一方、私は漫画を読むのも趣味で、好きな作品を挙げていったら切りがない。最近では、一週間のうち木曜日の五時限目が最後の授業なので、ほっとした気分になりながら帰りの車中で発売されたばかりの『週刊モーニング』を読むのを楽しみにしている。厳密に言うと、西洋絵画の中で印象派が高級と言えるのかとか、漫画の中で『モーニング』は高級な方ではないかとか、突っ込みを入れることはできるのだが、とにかく絵を観ることにおいて、私の中で高級感と庶民性は共存している。おそらくそのようにして平衡感覚を維持しているのだろう。そして、不忍池には、寛永寺、芸大、博物館といった高級感のある事物と、蓮見、蓮飯、動物園といった庶民的な事物とが混在しているわけだ。

以上、三つの二項対立について自分の体験を交えて触れてきたが、要するに、なんであれ均衡を保つということがじつに重要なのだと思う。なにかに偏らない、だからこそ停滞せず、心の澱みも取り払われて、慰安が得られるのではないか。不忍池は、そのことを教えてくれる貴重な場なのである。

弁天堂から東照宮まで

話が横道に大きく逸れてしまった。文学散歩の経路をたどるべく、清水観音堂に戻ろう。階段を下りて、弁天堂まで歩いていく道々も、屋台が並んでいて、まるでお祭りに出掛けるような感じになる。本書の中でも記したようにたくさんのご利益をもたらしてくださるありがたい弁天さまに参拝し、付近にある「めがね」の碑などを見学した後は、若い頃ならボートに乗ったし、今は旧岩崎邸に行ったりもする。最近は、森鷗外が『舞姫』を執筆した家が保存されている水月荘という旅館まで歩くことが多い。

さらに元気なら、もう一度東照宮まで戻って、きらきら輝く社殿や大きな銅灯籠を楽しんだりもする。もうこの頃には夕暮れ時だ。

謝　辞

本書は、『隔月刊 文学』二〇一六年十一・十二月号、特集「東京の文学」に掲載された拙稿「不忍池の文学――江戸から東京へ」を元にして、一書として書き下ろしたものである。

同誌に書く機会を与えて下さった十重田裕一氏をはじめ、研究会でご一緒し、教えていただいた一柳廣孝・大塚美保・鈴木啓子・出口智之・日高昭二・山岸郁子の各氏にお礼申し上げる。

また、他にも赤井紀美・菊池庸介・関原彩・高橋由貴・田代一葉・田中仁・藤澤茜・古庄るいの各氏にご教示を賜った。お礼申し上げたい。

末尾ながら、岩波書店編集局の吉田裕氏のご懇切な編集作業に対して、心より感謝申し上げたい。

平成三十年九月

鈴木健一

主要参考文献

全体的なもの

東京市下谷区役所『下谷区史』東京市下谷区役所、一九三五年
谷根千工房（編）『しのばずの池事典』谷根千工房、一九八九年

はじめに

末永雅雄『池の文化』学生社、一九七二年
本中眞『日本古代の庭園と景観』吉川弘文館、一九九四年
『平等院大観』第一巻「建築」岩波書店、一九八八年
岡田憲久『日本の庭ことはじめ』TOTO出版、二〇〇八年
小野健吉『日本庭園の歴史と文化』吉川弘文館、二〇一五年

第一章

浦井正明「江戸時代の寛永寺」『上野寛永寺』国書刊行会、一九九〇年
鈴木宏子『古今和歌集表現論』笠間書院、二〇〇〇年
中野真麻理「谷中道――『しのばずが池物語』のこと」『隔月刊　文学』二〇〇一年五・六月号
鈴木理生『江戸・東京の川と水辺の事典』柏書房、二〇〇三年
鈴木健一『江戸諸國四十七景――名所絵を旅する』講談社選書メチエ、二〇一六年

第二章

伊藤信・富長蝶夢・森義一（訳注）『梁川星巌全集』梁川星巌全集刊行会、一九五六―五八年。
花咲一男『江戸の出合茶屋』三樹書房、一九九六年
富士川英郎『菅茶山』福武書店、一九九〇年
金文京「西湖と不忍池」和漢比較文学叢書第十六巻『俳諧と漢文学』汲古書院、一九九四年
今橋理子『秋田蘭画の近代 小田野直武「不忍池図」を読む』東京大学出版会、二〇〇九年
石川了『江戸狂歌壇史の研究』汲古書院、二〇一一年
フェルディナンド・フォン・リヒトホーフェン、上村直己訳『リヒトホーフェン日本滞在記 ドイツ人地理学者の観た幕末明治』九州大学出版会、二〇一三年
齋藤希史『詩のトポス 人と場所をむすぶ漢詩の力』平凡社、二〇一六年

第三章

山崎有信『彰義隊戦史』隆文館、一九一〇年
林英夫「彰義隊の敗亡」『戦乱の日本史〔合戦と人物〕』第十二巻「幕末維新の争乱」第一法規出版、一九八八年
一坂太郎『幕末歴史散歩 東京篇』中公新書、二〇〇四年
矢内賢二『明治キワモノ歌舞伎 空飛ぶ五代目菊五郎』白水社、二〇〇九年
岩切友里子『芳年』平凡社、二〇一四年
市川桃子（編集代表）『幕末漢詩人杉浦誠『梅潭詩鈔』の研究』汲古書院、二〇一五年

日野原健司『戦争と浮世絵』洋泉社、二〇一六年
日置貴之『変貌する時代のなかの歌舞伎　幕末・明治期歌舞伎史』笠間書院、二〇一六年

第四章

佐々木時雄『動物園の歴史　日本における動物園の成立』西田書店、一九七五年
槌田満文『明治大正風俗語典』角川選書、一九七九年
石黒直悳『懐旧九十年』岩波文庫、一九八三年
日高嘉継・横田洋一『浮世絵　明治の競馬』小学館、一九九八年
『漱石研究』第十六号、二〇〇三年十月
青木健『中原中也――永訣の秋』河出書房新社、二〇〇四年
石田戢『日本の動物園』東京大学出版会、二〇一〇年
石原千秋『漱石はどう読まれてきたか』新潮選書、二〇一〇年
小宮輝之『物語　上野動物園の歴史』中公新書、二〇一〇年
中島国彦『漱石の地図帳――歩く・見る・読む』大修館書店、二〇一八年

第五章

新間進一他『日本近代文学大系53　近代詩集I』角川書店、一九七二年
三好行雄『鷗外と漱石　明治のエートス』力富書房、一九八三年
竹盛天雄『鷗外　その紋様』小沢書店、一九八四年
前田愛『幻景の街――文学の都市を歩く』小学館、一九八六年

千葉俊二「「窓の女」考――『雁』をめぐって」『森鷗外研究』2、一九八八年五月
高橋睦郎「敗荷」『日本名詩集成』學燈社、一九九六年
逸見久美『新版評伝　与謝野寛晶子　明治篇』八木書店、二〇〇七年

第六章

村松定孝『泉鏡花事典』有精堂出版、一九八二年
中川志郎『動物と私の交響曲　魅せられて六〇年』東京新聞出版局、一九九六年
森まゆみ『東京遺産』岩波新書、二〇〇三年

図版出典一覧

図17 『江戸名所花暦』(文政十年刊)
図18 『訓蒙図彙』(寛文六年刊)
図19 『三才図会』(一六〇七年成)
図20 『西鶴諸国ばなし』(貞享二年刊)
図21 『絵本江戸みやげ』(宝暦三年刊)
図22 『誹風末摘花』初編(安永五年刊)
図23 『江戸名所図会』巻五(天保五・七年刊)
図24 『江戸名所図会』巻五(天保五・七年刊)
図25 尾張屋版切絵図「小石川谷中本郷絵図」(安政四年刊)
図26 『名所江戸百景』(安政三—五年刊)
図27 『名所江戸百景』(安政三—五年刊)
図28 『名所江戸百景』(安政三—五年刊)
図29 『返々目出鯛春参』(天明四年刊) 東京都立中央図書館蔵
図30 『金草鞋』初編(文化十年刊)
図31 「中国杭州西湖」Oksana Perkins ⓒ 123RF
図32 『訓蒙図彙』(寛文六年刊)
図33 「春永本能寺合戦」(明治元年) 江戸東京博物館蔵
図34 『魁題百撰相』(明治元—二年刊)
図35 『真山青果全集』第七巻(講談社、一九七五年)
図36 『合葬』(青林堂、一九八三年)

図37『明治天皇とその時代『明治天皇紀附図』を読む』(吉川弘文館、二〇一二年)
図38『風俗画報』明治四十年四月二十五日号
図39「東京勧業博覧会全図」(明治四十年)　著者蔵
図40『美術新報』明治四十年五月三十一日号
図41『風俗画報』明治四十年六月二十五日号
図42「東京上野不忍競馬之図」(明治十七年)　著者蔵
図43「上野不忍競馬之図」(明治十八年)　著者蔵
図44『百年前の日本　セイラム・ピーボディー博物館蔵モース・コレクション　写真編』(小学館、一九八三年)
図45『風俗画報』明治二十六年七月十日号
図46『風俗画報』明治二十九年十二月二十日号
図47『文芸倶楽部』明治二十九年六月十日号
図48『風俗画報』明治三十一年十二月十日号
図49『鷗外近代小説集』第六巻(岩波書店、二〇一二年)
図50『子規全集』第十二巻(講談社、一九七五年)
図51『重要文化財17　建造物Ⅵ』(毎日新聞社、一九七五年)

鈴木健一
1960 年　東京生まれ．
1988 年　東京大学大学院博士課程単位取得退学．
現在　学習院大学文学部教授．
主要著書に，『近世堂上歌壇の研究』(1996 年，増訂版 2009 年，汲古書院)『江戸詩歌の空間』(1998 年，森話社)『伊勢物語の江戸　古典イメージの受容と創造』(2001 年，森話社)『江戸詩歌史の構想』(岩波書店，2004 年)『知ってる古文の知らない魅力』(講談社現代新書，2006 年)『古典詩歌入門』(岩波テキストブックス，2007 年)『江戸古典学の論』(2011 年，汲古書院)『古典注釈入門　歴史と技法』(岩波現代全書，2014 年)『江戸諸國四十七景　名所絵を旅する』(講談社選書メチエ，2016 年)『天皇と和歌　国見と儀礼の一五〇〇年』(講談社選書メチエ，2017 年)など．

不忍池ものがたり ―江戸から東京へ

2018 年 10 月 24 日　第 1 刷発行

著　者　鈴木健一（すずき けんいち）

発行者　岡本　厚

発行所　株式会社　岩波書店
〒101-8002 東京都千代田区一ツ橋 2-5-5
電話案内 03-5210-4000
http://www.iwanami.co.jp/

印刷・精興社　製本・牧製本

ISBN 978-4-00-061299-9　Printed in Japan